KB032958

비츄 현대 판타지 장편소설
WISHBOOKS MODERN FANTASY STORY

레벨업 어게인
LEVELUP
AGAIN

레벨업 어게인 5
LEVEL UP AGAIN

비츄 현대 판타지 장편소설

초판 1쇄 찍은 날 | 2017년 4월 11일
초판 1쇄 펴낸 날 | 2017년 4월 18일

지은이 | 비츄
펴낸이 | 예경원

기획 | 위시북스
편집책임 | 박우진
편집 | 이즈플러스

펴낸곳 | 예원북스
등록번호 | 제396-2012-000132호
등록일자 | 2012. 7. 25
KFN | 제1-091호

주소 | 경기도 고양시 일산동구 호수로 646-24 위너스21 II 빌딩 206A호 (우)10401
전화 | 031-819-9431 팩스 | 031-817-9432
E-mail | yewonbooks@naver.com

ⓒ비츄, 2016

ISBN 979-11-6098-184-1 04810
        979-11-5845-304-6 (set)

비츄 현대 판타지 장편소설
WISHBOOKS MODERN FANTASY STORY

레벨업
어게인

LEVELUP
AGAIN 5

Wish Books

CONTENTS

1장
얼라이브 or 앱노멀? Ⅱ

강하나가 이상함을 눈치챘다.

"아무도 이쪽을 발견하지 못하고 있어요."

"그건……."

강민영이 대신 대답해 줬다.

"오빠가 고스트 필드를 펼쳤기 때문이에요."

"고스트 필드……?"

"특수한 능력을 갖춘 플레이어가 아니라면 우릴 찾아낼 수 없어요."

변도현도 이상함을 알아차렸다.

"뿐만 아니라 이쪽으로 접근 자체를 안 하는 것 같은데요? 이것도 빛의 성웅께서 의도하신 겁니까?"

신희현이 대답했다.

"그렇습니다. 자세한 설명은 하지 않겠습니다."

변도현은 고개를 끄덕였다.

"그렇군요. 이런 것도 가능하군요. 길잡이란 건 만능 클래스인 겁니까?"

길잡이가 만능이 아니라 신희현이 만능에 가까운 거지만, 하여튼 결과는 그랬다.

신희현은 지금 앰플러스 네임의 효과 '개척'을 가지고 '제왕의 발톱'과 '안전지대'를 융합한 스킬을 펼치고 있는 중이다. 그리고 동시에 '고스트 필드'를 운용하고 있다.

1차적으로 고스트 필드는 다른 사람들에게 이쪽의 위치를 들키지 않도록 은신시켜 주는 스킬이다.

그리고 신희현이 개척을 활용하여 융합한 스킬은 '제왕 지대'라는 이름으로, 안전지대의 역할과 동시에 이곳으로 오는 모든 생물체에게 공포감을 심어준다.

강민영은 신희현을 쳐다봤다.

'오빠보다…… 레벨이 높은 플레이어가 있는 게 아니라면 이 안전지대를 뚫고 들어오기란 굉장히 힘들 거야.'

신희현이 2중으로 결계를 펼친 셈이다.

제주도의 사람들은 한참을 굶었다. 모르긴 몰라도 굶어 죽은 사람, 물을 마시지 못해 죽은 사람 등이 많을 거다.

'그래도 제법 많은 사람이 살아 있네.'

몬스터가 나타나지 않자 사람들이 나와 근처 편의점이나 마트를 향해 몰려갔다.

"비켜! 비키라고!"

"아, 아기가 있어요! 제발! 제발!"

한 남자가 한 여자를 패대기쳤다. 여자는 갓난아기를 품에 안고 있었다. 여자의 안색은 굉장히 나빴다. 며칠은 굶은 듯한 행색이었는데, 다행히 아기는 그렇지 않았다. 어떻게 한 건지는 모르겠지만 오히려 아이의 혈색은 좋은 편에 속했다.

"그딴 거 알 게 뭐야!"

남자는 여자의 손에 들려 있던 생수 한 병을 기어코 빼앗고 여자를 발로 차버렸다. 그러곤 쓰러진 여자의 품을 뒤져 빵 한 조각을 찾아냈다.

"이, 이것만은 제발!"

"으애애앵!"

품속의 아기가 울었다. 하지만 남자는 아랑곳하지 않았다. 빵 한 조각도 빼앗은 뒤 주위를 둘러보고 어디론가 뛰어가

버렸다.

아비규환이었다. 하루가 채 지나지 않아 편의점이나 마트에 있는 식료품이 모두 동이 났다.

강민영이 입술을 살짝 깨물었다.

"오빠……."

솔직히 저 여자를 도와주고 싶었다. 손만 뻗어서 이 안으로 데려오면 그만인데. 그러면 그만인데 신희현은 눈 하나 깜짝하지 않았다.

"민영이 네가 무슨 생각하고 있는지 알아."

그렇지만 한 명을 도와주면 두 명을 도와야 하고, 두 명을 도우면 세 명을 도와야 한다.

세 명이 수백, 수천 명이 되는 건 순식간이다.

"우리는…… 이곳을 클리어하는 데 집중할 거야."

우리는 지금 구호를 하러 온 게 아니라 클리어를 하려고 온 거니까.

신희현의 말에 강민영은 힘겹게 고개를 끄덕였다. 강민영도 신희현의 말에 동의는 했다.

강하나가 어깨를 으쓱했다.

"빛의 성웅도 세상 참 힘겹게 사시네."

그러고서 걸음을 옮겼다. 고스트 필드 밖으로 나갔다. 그녀가 뒤를 돌아봤다.

"어라……?"

고스트 필드를 나가는 건 자유였지만 다시 들어올 수는 없었다.

어쩔 수 없지 뭐.

강하나는 피식 웃었다. 이틀만 있으면 5번 게이트가 다시 열릴 거다.

스테이지 2가 시작되겠지.

그 전까지만 혼자서 있으면 된다.

'아기가 품 안에 있잖아.'

딴 놈들은 모르겠는데 저 여자는 지켜주고 싶었다.

강하나는 과부다. 20살이라는 어린 나이에 결혼했고 21살에 아기를 낳았으며 26살에 남편을 잃었다.

플레이어가 되겠다던 남편은 어디선가 행방불명이 되어버렸고 이미 죽었다고 결론을 내린 상태였다.

그래도 강하나는 열심히 살아보려고 했다. 아이가 품에 있었으니까. 이 아이, 내 핏줄만큼은 내가 지켜야 했으니까 말이다.

그러나 하늘은 그것마저도 허락하지 않았다.

그날.

"……은서야…….”

그녀는 많이 울었다.

"미안해…….”

은서를 놓고 도망쳤다. 그때의 상황이 정확히 기억나진 않는다. 은서의 손을 분명히 잡고 도망쳤는데, 그랬는데 도망을 치고 보니 은서가 손에 없었다.

그랬다. 1번 게이트가 열리던 그때에, 은서는 죽었다. 엄마는 살았는데 6살짜리 딸은 죽었다.

강하나는 그때부터 조울증을 앓았다.

강하나가 히죽히죽 웃으면서 쓰러진 여자에게 다가갔다.

"자, 여기. 먹을 거랑 물.”

여자의 옆에 앉았다. 여자는 체면을 차릴 여유도 없었다. 허겁지겁 빵을 받아 들더니 입에 넣고 열심히 씹었다.

'애는 안 주고 지만 먹네?’

강하나가 그렇게 생각했을 무렵, 여자는 씹던 것을 뱉어 아기의 입에 넣어주었다. 혼자서는 잘 먹지 못하는 모양이었다.

'그럼 그렇지.’

그렇지 않고서야 아이의 혈색이 이렇게 좋을 리 없지 않은가.

강하나는 주위를 둘러봤다. 어디선가 남자 놈들이 이쪽으로 다가오고 있었다.

행색도 멀쩡하고 음식까지 나눠 주고 있는 걸 봤다.

"먹을 걸 내놔!"

한 명이 달려들기 시작했다.

'아이스 볼트.'

초급 마법이다.

가장 쉽게, 가장 빠르게, 가장 많이 사용할 수 있는 마법.

얼음 덩어리 하나가 남자의 가슴을 향해 날아갔다.

퍽!

소리와 함께 얼음 결정이 깨졌다.

"컥!"

남자 하나가 쓰러졌다.

"프, 플레이어다!"

강하나가 자리에서 일어섰다.

"내가 지켜주려는 건 이 여자지 너네가 아니거든."

그 모습을 신희현이 안에서 지켜봤다. 강하나의 모습은 그다지 정상처럼 보이지는 않았다.

신희현은 한숨을 내쉬었다.

저렇게 될 줄 예상하고 있었지만 딱히 제지하지는 않았다. 왜냐하면 마녀가 날뛰게 되는 순간, 이쪽이 더 편해질 테니까.

'강하나가 괜히 마녀는 아니지.'

약간의 정신병 비슷한 걸 앓고 있는 건 진즉에 알고 있었다.

신희현은 밖을 쳐다봤다.

'모두 죽인 건가?'

초감각을 사용해 봤다. 숨이 붙어 있는 사람도 있고 죽은 사람도 있었다.

죽은 사람의 숫자를 세어보니 약 60명 정도는 되는 것 같았다.

강하나가 말했다.

"걱정 마. 내가 지켜줄게. 너는 그 애나 잘 지켜."

"……."

여자도 겁에 질렸다. 바로 눈앞에서 살인이 일어났다.

살인을 저지른 이 플레이어는 일말의 가책조차 없는 것 같았다.

고맙기도 하지만 무서운 게 더 컸다.

윗니와 아랫니가 부딪치면서 딱! 딱! 소리를 냈다.

"고, 고맙습니다."

그렇게 이틀이 지났다.

"이 아가씨 엄청난 아가씨구만."

휘파람을 불었다. 주위를 둘러보니 시체가 100구가 넘었다. 모두 강하나의 짓이었다.

강하나가 방긋 웃었다.

"정당방위였어요."

"그럼, 그럼. 안에서 다 봤지. 아주 깔끔하게 죽이던데?"

변도현이 낄낄대고 웃었다.

신희현은 그 두 사람을 쳐다보면서 남몰래 한숨을 쉬었다.

세상은 이미 변했다. 이 세상에 미치광이가 많이 나타나게 될 거다.

마녀와 미치광이 학살자는 그 미치광이들의 대표 주자.

'그래도 적당히 곱게 미친 플레이어들이지.'

이들은 먼저 나서서 사람을 죽이지는 않았다. 누군가 먼저 공격을 해오면 자비를 베풀지 않을 뿐이다.

살인이 정당화되는 건 아니지만, 지금의 추세로 보면 이들은 엄청난 전력이 될 거다.

신희현은 이들을 옹호하지도 배척하지도 않았다. 그가 경험했던 세계에서 이 정도는 약과였으니까.

"5번 게이트가 열릴 겁니다."

바로 스테이지 4로 직행했다. 스테이지 2를 클리어하고 게이트를 공격해서 스테이지 4를 이끌어 냈다.

5번 게이트는 조금 특별한 게이트다. 신희현이 하늘을 올려다봤다.

"스테이지 4는……."

신희현은 하늘을 쳐다봤다.

'과연 어떻게 될까.'

라이토 때 확인했다. 빛 속성의 공격은 자신에게 해를 끼치지 못한다. 밝음의 여신 라이나가 수호하고 있기 때문이다.

5번 게이트의 보스 몬스터, 다른 말로 끝판왕 피닉스가 모습을 드러냈다.

원래 피닉스의 정확한 형태는 밝혀진 적이 없다. 인류가 결국 잡지 못했던 몇몇 몬스터 중 하나. 그 유명했던 '빛 폭발'을 남긴 채 홀연히 사라져 버렸던 피닉스다.

그때, 대구가 거의 통째로 날아가다시피 했었다.

신희현을 제외한 모든 플레이어가 눈을 질끈 감았다. 너무나 눈이 부셨다.

'나는…….'

신희현은 계속해서 하늘을 쳐다봤다.

'눈이…… 부시지 않다.'

눈이 부시지 않았다. 신희현은 뭔가 이상함을 느꼈다. 뭐랄까. 입이 간질간질한 것 같은 기분이 들었다. 뭔가를 말해야만 할 것 같은 기분.

입이 저절로 움직였다.

"오랜만이구나, 참새."

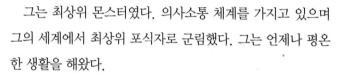

그는 최상위 몬스터였다. 의사소통 체계를 가지고 있으며 그의 세계에서 최상위 포식자로 군림했다. 그는 언제나 평온한 생활을 해왔다.

그런데 그녀를 만나면서 그의 생활이 바뀌었다.

"야, 너 귀엽다. 내 거 해라."

그 말과 동시에 그의 인생(?)은 꼬이기 시작했다. 저항하고 발버둥 쳐 봐도 소용없었다.

몰랐는데 그녀는 빛을 관장하는 밝음의 여신이란다.

그렇게 700년을 그녀의 울타리에서 살았다.

"아, 그래? 그렇게 나가고 싶어?"

그는 고개를 열심히 끄덕였다.

"뭐, 알았어. 700년 정도 나랑 놀아줬으면 잘 놀아줬지 뭐."

"……."

그는 말하지 못했다.

놀아주긴 누가 놀아줘! 이건 엄연한 납치 감금 및 폭행 협박이었다고!

지난 700년의 세월이 너무 서러워서 눈물이 날 것 같았다.

그래도 이제 자유였다. 그런데 그 여자가 말했다.

"혹시라도 나중에 다시 보게 되면, 그땐 절. 대. 못 벗어나. 알겠지?"

그래, 도망치는 거야. 절대 만나지 않으면 되는 거다. 나는 이제 자유다!

그는 열심히 날아갔다.

그런데 오늘 그녀를 만났다.

망했다.

5번 몬스터 게이트는 등장과 동시에 클리어됐다. 등급이 산정됐다.

[프리미엄 노블레스 등급 클리어로 인정됩니다.]

"어라……?"

이게 뭐지.

신희현도 다른 플레이어도 알 수 없었다.

뭔가, 클리어된 것 같은데?

신희현의 입이 제멋대로 움직였다.

"이게 얼마만이야."

신희현은 체력과 마력이 동시에 쭉쭉 빨려 나가는 기분이 들었다. 무력해졌다. 단순히 라이나가 말을 하는 것만으로도 체력적인 부담이 엄청났다.

"일단 좀 맞아볼까?"

빛으로 이루어진 듯한, 크기 약 3미터 정도의 새가 신희현에게 날아왔다. 그리고 신희현에게 얻어맞았다.

번쩍!

빛이 폭발하듯 터져 나왔다. 그와 동시에.

쾅!

폭발음이 들렸다. 신희현의 주먹에서 난 소리였다. 신희현은 딜러가 아니다. 그럼에도 불구하고 이런 파괴력이 나왔다.

'뭐, 뭐지?'

뭔가 자신의 의지와는 상관없이 상황이 흘러갔다.

체력과 마력이 채워지는 기분이 들었다. 칼리아의 반지 덕분이다.

"내가 때리면서 얘기를 해야 좀 더 말을 길게 할 수 있으니까."

그래서 얘기가 시작됐다. 신기하게도 그 새는 신희현의 말을 알아듣는 것 같았다.

새는 비명을 지르지는 않았다. 하지만 신희현은 확신했다. 그 새는 지금 비명을 지르고 있었다.

알림음이 아닌, 이상한 목소리가 들려왔다.

-사, 살려주세요, 주인님!

다급함과 조급함이 느껴졌다. 알림음도 들려왔다.

[프리미엄 노블레스 등급 클리어 보상이 주어집니다.]
[특수 스킬, '테이밍'이 보상으로 지급됩니다.]

신희현은 고개를 갸웃했다.

'뭐라고?'

이 레퍼토리는 뭔가.

'테이밍?'

게임에는 흔한 설정이다. 하지만 여기는 아니다.

소환수는 있어도 테이밍된 몬스터는 없었다. 이건 완전히 새로운 거다.

원래 테이머란 클래스는 없었다.

[특수 스킬은 클래스와는 별개의 스킬입니다.]

[특수 스킬, 테이밍은 1회성 스킬입니다.]

[특수 스킬은 각 클래스의 성향에 맞게 일정 부분 조정이 가능합니다.]

오랜만에 TIP 알림음이 활성화됐다.

[TIP: 개척과 교감, 테이밍 스킬을 융합하여 사용이 가능합니다.]

강민영이 신희현의 팔뚝을 살짝 잡았다.

"오빠, 도대체 왜 그래? 되게 놀란 것 같아."

"아니……."

머릿속으로 정리가 필요했다. 뭔가가 너무나 많이 바뀌고, 자꾸만 뭔가 예상하지 못한 것들이 튀어나왔다.

개척을 활용해서 TIP을 따랐다. 그랬더니 특수 스킬, 테이밍이 사라지고 새로운 게 생겼다.

[축하합니다!]

[스킬, '피닉스 소환'이 생성되었습니다.]

　과거, 폭군 강유석이 가지지 않았고, 빛 폭발 이후로 단 한 번도 모습을 드러내지 않았던 몬스터가 신희현의 소환수가 됐다.

　신희현은 마음을 가다듬었다. 그러고서 피닉스를 소환해 봤다.

　"피닉스 소환."

　그랬더니 무언가가 나타났다. 생각하지 못했었는데 원래 알고 있던 것이 튀어나왔다.

2장
피닉스

피닉스가 소환됐다.

그러나 익히 알고 있던 새의 형태는 아니었다.

'이건······.'

뭔지 안다. 신희현은 저도 모르게 강유석을 쳐다봤다.

강유석이 고개를 갸웃했다.

"······왜 그러세요?"

"아무것도 아냐."

신희현은 잠시 생각에 빠졌다.

'강유석이 과거에 갖고 있던 열쇠······?'

그것과 형태가 비슷했다. 전체적인 형상은 거의 비슷했는데 색깔이 달랐다.

강유석이 가지고 있던 열쇠는 검은색이었다. 하지만 지금 신희현이 가지고 있는 열쇠의 색깔은 흰색이다.

교감을 통해 목소리가 들려왔다.

ㅡ본 모습으로 현신을 하면 주위의 플레이어들이 다칠 염려가 높아요.

뭐랄까. 주눅이 들어 있는 것 같은 목소리인데.

'라이나 때문인가?'

정확한 속사정은 알 수 없었다. 아마 피닉스가 최대한 억누르려고 있기는 한 것 같은데.

ㅡ젠장. 자유를 얻은 지 100년밖에 안 됐는데!

굉장히 억울한 마음이 있는 것 같았다. 교감을 통해 조금 전해져 왔다. 아주 조금 그 마음이 전해져 왔는데, 그 작은 마음으로도 충분히 알 수 있었다.

'여신 맞아……?'

밝음의 여신.

굉장히 온화하고 부드럽고 자비로울 것 같은 이름 아닌가.

ㅡ어쨌든 반가워요. 라이나 님의 수호신으로 두다니. 혹시 당신도 내 거 해라 하고 납치당했어요?

신희현은 고개를 저었다.

'죽을 뻔하긴 했지.'

라이나를 수호신으로 받아들일 때의 그 끔찍한 고통은 아직도 잊히지가 않는다. 상상만 해도 온몸에 소름이 돋았다.

신희현이 피식 웃었다.

'어쨌든 잘 부탁해.'

피닉스는 체념했다.

－잘 부탁이고 자시고…… 나는 이미 망했다구요.

신희현은 서울로 돌아왔다.

4번 게이트와 5번 게이트가 한꺼번에 오픈됐고, 과거와는 다르게 그것이 제주도에 나타났었다.

'그렇다는 말은…….'

일련의 사건들이 일어나는 시기가 더 빨라지고 있고, 과거와는 다른 양상으로 흘러가고 있다는 소리였다.

'그럼에도 불구하고 보상은 똑같았어.'

5번 게이트는 모른다. 예상치도 못하게 피닉스가 소환수로 주어졌으니까. 하지만 4번 게이트는 예상했던 아이템이었다.

신희현이 말했다.

"아르포스 펜던트. 마력 소모를 30퍼센트 이상 낮춰주는 효과를 가지고 있어."

"와……."

강민영은 눈을 크게 떴다.

"칼리아의 반지랑 같이 사용하면……."

이렇게 말로 하면 조금 오그라들기는 하지만.

"우리 오빠 짱짱맨 되는 거네?"

신희현은 피식 웃었다. 짱짱맨이란다. 이런 단어, 고등학교 이후로 써본 적이 없는 것 같다.

그럼에도 불구하고 민영과 대화하는 것이 너무나 즐거웠다.

허세도 좀 부려봤다.

"오빠가 짱짱맨이지."

"응."

강민영이 배시시 웃었다.

신희현은 허세를 부리면서 굳이 '오빠'에 강세를 줬다.

"오빠가 짱짱맨 돼서 우리 민영이 데리고 살게."

"지금도 짱짱맨이야."

엘렌은 신희현을 물끄러미 쳐다봤다.

영체화 상태의 엘렌의 날개 끝이 구부러졌다. 그것도 아주 많이.

고구려 서울 본부.

신희현은 최용민과 만남을 가졌다. 최용민이 먼저 말했다.

"제주도에 구호 식량이 전달됐습니다. 빛의 성웅의 이름으로 말입니다."

"좋군요."

신희현은 고개를 끄덕였다.

안 그래도 느끼고 있었다. 성웅의 증표에 긍정적인 영향을 끼친다는 알림이 계속해서 이어졌으니까.

하도 많이 들어서 이제는 그냥 그런가 보다 하고 생각할 정도의 알림.

'강유석은 과거에…… 나와 반대의 길을 걷고 있던 게 틀림없다.'

신희현은 성웅의 길을 걸어야 한다. 뭐가 어찌 됐든 선망을 얻어야 하고 영웅으로 우뚝 서야 한다.

'그래서 그런 미친 짓들을 저질렀던 건가?'

지금의 강유석을 생각한다면 과거의 강유석은 석연치 않은 구석이 많이 있었다.

그러나 또 그렇게 보기만도 힘들었다.

'그렇다고는 해도…… 뭔가 이상했어.'

정확하게 알 수는 없었다.

'하지만 과거의 강유석이 뭔가 키를 가지고 있던 것은 틀림없는데.'

이번에 얻은 '피닉스' 역시 마찬가지다.

신희현은 강유석이 '피닉스'를 소환하는 것을 본 적이 없지만 피닉스의 열쇠 형태는 봤다.

'그걸 최후의 던전에서 사용했었지.'

뭐랄까. 과거의 흔적, 그리고 새로운 비밀에 접근해 나가는 것 같은 기분이 들었다.

'그것도 아주 빠른 속도로.'

신희현이 말했다.

"곧 던전 브레이크가 시작됩니다."

"던전…… 브레이크요?"

"예, 아시다시피 제게는 예지력이 있고, 이번에 그 능력이 더 강화됐습니다. 프리미엄 노블레스 클리어라는 것은 이미 들으셨겠죠."

최용민이 고개를 끄덕였다.

남들은 노블레스 클리어조차 못하는데 빛의 성웅은 그 상위 등급의 프리미엄 노블레스 클리어라는 걸 해버렸단다.

듣자 하니 5번 게이트의 보스 몬스터를 3초도 안 되어서 잡았다나 뭐라나.

'예지력이 더욱 더 향상되었다니.'

안 그래도 사기인데, 더욱더 사기가 되어가고 있는 것 아닌가.

최용민이 말했다.

"던전 브레이크가 무엇입니까?"

"던전이 우후죽순 생겨날 겁니다. 그리고 일정 시간 내에 그 던전을 클리어하지 못하면 던전이 깨집니다."

"깨지면……?"

"현실이 던전으로 변할 겁니다. 일정 지역이 던전화됩니다."

"……정확한 시기도 알 수 있습니까?"

신희현이 고개를 저었다. 정확한 시기 자체는 그도 알 수 없었다.

'원래는…… 황금기 이후에 찾아오는 건데.'

대격변 이후, 인류는 짧은 기간이지만 황금기를 맞이한다. 몬스터에게서 나오는 각종 아이템이 인류의 번영을 가져다줬다.

그리고 대격변 이후 황금기, 그것을 깨뜨리는 시작이 바로 던전 브레이크였다.

신희현이 말했다.

"던전 브레이크가 시작되면…… 그 지역은 현실 던전이 되며 시간이 더 지나면 완전히 오염됩니다. 죽은 땅이 된다는 뜻입니다."

"……예?"

"식물이 자라지 못합니다."

만약 던전화가 전국적으로 벌어진다면.

'그땐…… 인류의 멸망이겠지.'

최용민은 침을 꿀꺽 삼켰다.

식물이 없으면 사람도 있을 수 없다.

"그것을 막을 방법이 있습니까?"

"던전을 클리어해야겠죠."

정확한 위치는 신희현도 모른다.

몬스터 게이트가 예상했던 곳과 다른 곳에서 나타났다.

그래도 가장 유력한 곳은 역시.

'가평이 가장 유력하지.'

가평에 생기는 던전, 그곳의 이름은 레밋 던전이다. 던전 브레이크 당시 가장 규모가 컸으며 가장 강력했던 던전.

최용민은 신희현과 얘기를 좀 더 나눴다.

"한 가지만 더 물어도 될까요?"

최용민은 궁금했다. 어째서 빛의 성웅이 2번 게이트를 그 대로 내버려 두고 있는 건지.

"저는 플레이어들에게 자생력을 갖추게 하고 싶습니다."

앞으로는 몸이 열 개여도 부족하다.

전국적으로 던전 브레이크가 발생하게 될 거고, 그때가 되 면 신희현이 아무리 강하다 하더라도 커다란 피해가 생길 수 밖에 없다.

지금처럼 플레이어가 나약하고 뒤에 숨어 있기만 한다면 오히려 더 큰 피해가 발생하게 될 거다.

　"지금의 작은 피해가…… 미래의 큰 피해를 막아주겠죠."

　최용민이 고개를 끄덕였다.

　"무슨 뜻인지 알겠습니다."

　신희현이 밖으로 나갔다. 최용민은 생각에 잠겼다.

　'온실 속의 화초는…… 온실을 벗어나면 죽는다.'

　신희현의 말이 맞았다. 지금 이 세계는 빛의 성웅 한 명에게 너무 의존하고 있는 형국이다.

　커다란 사건들은 신희현 혼자서 도맡아서 처리하고 있다.

　물론 헤라클레스나 변도현, 강하나 등의 도움이 있기는 했으나 어쨌든 굵직한 사건들은 신희현의 원맨쇼에 의해 클리어됐다.

　'빛의 성웅이 한 말이 맞아.'

　플레이어들도 힘을 키워야 했다.

　그런데 다시 노크 소리가 들려왔다. 신희현이었다.

　"……어쩐 일로 다시 오셨습니까?"

　신희현이 어깨를 으쓱했다.

　"혹시 이 사람들을 찾아줄 수 있나 해서요."

　신희현이 종이를 내밀었다. 그 종이에는 이름이 적혀 있었다.

'이형진, 탁민호, 김동재, 강현수.'

네 명의 이름.

이형진과 탁민호는 이미 알고 있는 이름이었고, 김동재와 강현수는 처음 듣는 이름이었다.

"두 명은 알고 있고…… 두 명은 모릅니다. 찾아보겠습니다."

신희현은 집으로 돌아왔다. 신희아가 신희현을 맞았다.

"오빠, 고구려 갔다 온 거야?"

"엉."

"2번 게이트는 그냥 내버려 둘 거야? 몬스터 계속 쏟아진다던데."

그냥 내버려 둘 거다. 2번 게이트는 그다지 좋은 아이템을 드랍하지 않는다. 마지막 보스 정도면 모를까. 일단은 그냥 두기로 했다.

한 달이 흘렀다. 짧다면 짧은 시간이지만 플레이어들 사이에도 변화가 있었다.

"언제까지나 숨어 있을 수는 없잖아."

"숨어 있다고 해서 해결되지는 않아."

한 달의 시간 동안, 플레이어들은 자발적으로 혹은 타의에 의해서 몬스터 게이트에 맞서 싸우기 시작했다.

고구려를 주축으로 그들은 2번 게이트에서 나타나는 몬스터들을 사냥했다.

[스테이지 1이 클리어되었습니다.]

막상 껍질을 까고 보니.

"그렇게 무섭진 않네."

피해는 당연히 있었다. 피해는 있었는데 손쓸 수 없을 만큼의 어려운 난이도는 아니었다.

또다시 한 달이 흘렀다.

두 달 사이에 플레이어들은 굉장히 많이 변했다. 적극적으로 전투에 임하게 되었다.

"우리 아니면 누가 하냐?"

사명감을 가지게 된 플레이어들도 있었다. 물론 다 그렇다는 건 아니다.

몇몇 플레이어가 삶의 터전을 지키는 것에 자부심을 느끼게 됐고 사명감도 가지게 됐다. 그것은 곧 플레이어들 사이에 퍼지게 됐다.

다시 한 달이 흘렀다.

플레이어들이 스스로 싸우게 되었고, 일반 사람들은 그들을 응원하게 됐다. 플레이어를 존경하는 시민도 많아졌다.

빛의 성웅이 잠시 몸을 뒤로 빼고, 다른 플레이어들이 전면에 나서게 되자 유명해진 플레이어들도 있었다.

고구려는 그들을 위한 전폭적인 지원을 아끼지 않았으며 그들은 일반인 사이에서도 굉장히 유명해졌다.

인기도 많았다. 플레이어들은 불과 세 달 사이에 한국을 수호하는 영웅처럼 인식이 됐다.

플래시 세례가 쏟아졌다.

－보이십니까! 2번 몬스터 게이트의 스테이지 3가 클리어 되었습니다!

[스테이지 3가 완료되었습니다.]

－이제 단 하나의 관문이 남았습니다.

스테이지 3까지 클리어가 완료됐다.

서울 북한산 근처. 이곳은 몬스터 게이트의 영향을 받지 않은 곳이다.

커피숍에 앉았다.

강민영이 말했다.

"플레이어들의 잠재력이…… 생각했던 것보다 훨씬 큰 것 같아, 오빠."

"응."

그 말이 맞았다. 불과 세 달 사이에 플레이어들은 많이 변했다.

"변도현 씨랑 강하나 씨는 엄청 유명해졌더라."

"그렇겠지."

"이명이란 것도 생겼어."

뭐든지 다 빨라지고 있다. '이명'이라는 개념은 황금기 이후에나 생기는 건데 벌써 생겼다.

사건의 흐름이 빨라지고 있다.

"이명이 뭐래?"

"미치광이 학살자랑 마녀래."

"변도현 씨가 미치광이 학살자고 강하나 씨가 마녀?"

"응."

과거와 똑같이 흘러가는 것 같기도 하고, 아닌 것 같기도 한 미묘한 기분에 사로잡혔다.

"유명한 플레이어가 많이 생겨난 것 같아."

"그렇겠지."

헤라클레스도 유명세를 탔다.

"그리고 오빠가 말한 사람들도…… 두 명은 유명하던데?"

"두 명?"

신희현도 그 둘에 대한 소문을 이미 들었다. 매스컴도 탄 걸 알고 있다.

하지만 모르는 척했다. 강민영이 신나서 조잘조잘 떠들고 있는 모습을 보고 있으면 그도 행복했고 즐거웠기 때문이다.

"응응, 이형진 씨와 탁민호 씨."

"그들도 이명이 있대?"

폭풍 이형진, 지략가 탁민호.

둘의 이명을 떠올렸다. 최후의 결사대에 포함되어 있던 그 이름들.

"응응. 이형진 씨는 폭풍이구, 탁민호 씨는 지략가래."

"그랬어?"

신희현은 기분 좋게 웃으면서 강민영의 머리를 쓰다듬었다. 신나서 얘기하고 있는 게 너무 귀여웠다.

"아이, 오빠. 진짜. 내 말 좀 들으라니깐?"

"듣고 있어, 듣고 있어."

강민영은 신희현의 손길에 기분이 좋아졌는지 배시시 웃으며 어깨를 움츠렸다.

신희현은 사랑스러워 죽겠다는 듯 강민영을 쳐다봤다.

'폭풍 이형진에 지략가 탁민호.'

그리고 김동재와 강현수가 있다면.

'레밋 던전을…… 최소한의 피해로 클리어할 수 있을 거다.'

피해가 없을 거라고 생각하지는 않는다. 하지만 그 피해를 최소화할 수는 있을 거다.

다시 한 달의 시간이 흘렀다. 신희현은 언제나처럼 가평 일대를 수색했다. 그의 초감각에 뭔가가 걸렸다.

'찾았다.'

3장
레밋 던전

레밋 던전의 단서를 발견했다.

'늪지대.'

그리고 여러 곳에 뚫린 구멍.

'구멍에서 새어 나오는 열기.'

중간중간 용암처럼 끓어오르는 흙더미.

'레밋 던전은 여기에 나타난다.'

뭐가 다른 걸까. 도대체 왜 4번 게이트와 5번 게이트는 과거와 다른 곳에 생긴 걸까. 다른 것은 그대로인데.

어쨌든 한 가지는 확인했다.

'입구를 찾아야 해.'

레밋 던전을 가장 먼저 발견한 사람은 바로 지략가 탁민호였다.

이번에 신희현이 요청한 플레이어들, 그러니까 폭풍 이형진, 지략가 탁민호, 경찰 김동재, 행운 강현수가 가장 먼저 레밋 던전 클리어를 시도했다.

더 정확히 말하자면 이 넷이 주축이 되어 다른 플레이어 수십 명과 함께 클리어에 도전했다.

하지만 이들은 도전에 실패했고, 이윽고 던전 브레이크가 발생하게 됐다.

가장 커다란 규모의 던전 브레이크가 발생했고 가평 일대가 날아가다시피 했다.

가평과 청평 일대는 사람이 살 수 없는 지역으로 변해버렸었다.

그럼에도 불구하고 그들은 레밋 던전 브레이크에서 나타난 몬스터들을 격퇴하기에 이르렀고 보스 몬스터 '여왕'을 잡았었다.

신희현이 말했다.

"어쩌면 레밋 던전은 큰 시나리오를 이루는 주요 골격일 수 있어."

강민영이 고개를 갸웃했다.

"주요 골격?"

"응, 던전들을 비롯한 퀘스트들은 결국 최후의 던전을 가

리키고 있거든."

그 전에 가장 커다란 장애물이라 할 수 있는 아탄티아 던전부터 클리어하기는 해야겠지만.

"여왕을 잡게 되면……."

여왕을 잡게 되면 '여왕의 날개옷'을 얻을 수 있다. 최후의 던전 클리어에 반드시 필요한 그 아이템 말이다.

"오빠, 그런데 그런 일들은 전부 어떻게 알고 있는 거야? 정말 스킬이 맞아?"

"……갑자기 왜?"

강민영은 신희현의 어깨에 얼굴을 기댔다.

"모르겠어. 나는 오빠가 너무 좋은데, 뭔가 단순히 스킬 때문에 이렇게 바쁘게 움직이는 게 아닌 것 같은 기분이 들어."

뭔지는 잘 모르겠다. 잘은 모르겠지만 뭔가 너무 무거운 짐을 들고 가는 것 같은 그런 기분이 들었다.

신희현은 강민영의 머리를 쓰다듬었다.

'과거로 돌아왔어.'

이 말을 해야 하나, 말아야 하나.

많이 고민했다. 민영이라면 그 무슨 말을 하든지 자신의 편이 되어줄 것이 분명했고, 그러한 것과 상관없이 그녀는 자신을 믿어줄 것이 분명했으니까.

말하지 말아야 할 중요한 이유가 있는 것도 아니었다.

'그래도……'

이유는 정확하게 잘 모르겠지만 과거로 돌아온 사실은 숨기기로 했다.

과거에 그녀는 아탄티아 던전에서 길잡이 홍경식 때문에 죽었다.

너는 죽었었고 나는 그걸 지키지 못했었고, 이번에는 널 지키고 싶어.

그 말은 삼켰다.

"이 길의 끝은 분명히 있어. 나는 그 끝을……."

너랑 같이 맞이하고 싶은 거야. 건강하고 행복한 모습으로.

그거면 됐다. 신희현은 말을 잇지 못했다. 강민영이 뒤꿈치를 들고서 신희현의 입술에 키스했기 때문이다.

민영이 배시시 웃었다.

"그 끝을 같이하고 싶다고?"

둘의 시간은 오늘도 달콤했다.

"이 개 같은 새끼. 똑바로 안 하냐?"

"죄, 죄송합니다!"

퍽!

커다란 소리가 터져 나왔다. 로우킥을 얻어맞은 남자는 풀썩 쓰러졌다가 바로 일어섰다.

"죄송합니다. 시정하겠습니다."

"씨팔, 이제 하면 뭐해? 창현이 어떻게 살려낼 거야?! 이 씨팔 새끼야!"

구타가 이어졌다. 이형진이 씩씩댔다. 팀원이 전부 침묵에 잠겼다. 그 누구도 이형진을 말리지 못했다.

'저러다 죽는 거 아냐?'

그럴 정도로 심하게 구타를 했다. 이형진은 가까스로 이성을 잃지 않았다.

"후……."

줄줄이 담배를 태웠다.

"창현이 그 새끼, 이번 던전 클리어 끝나면 어머니께 호두과자 사드린다고 들떠하던 놈이었는데."

그러던 이형진에게 누군가가 찾아왔다. 고구려에서 보낸 플레이어였다.

"빛의 성웅이 함께하기를 요청합니다."

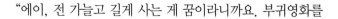

"에이, 전 가늘고 길게 사는 게 꿈이라니까요. 부귀영화를

누릴 생각 따윈 없어요."

탁민호는 오늘도 발을 뺐다.

겉으로는 그렇게 약한 척을 했지만 그의 날카로운 눈은 저쪽 팀, 카멜레온의 행색을 살폈다.

'레벨 190대.'

그의 눈은 정확했다.

'탱커 셋에 딜러 일곱.'

장비는.

'데르피아 실갑옷, 루다토 가죽 장갑, 프리바 헬맷.'

기타 등등.

'마음 놓고 클리어를 진행할 수준이 안 되네.'

힐러진도 부족했다. 힐러진의 약세는 던전 클리어에 있어서 치명적이라 할 수 있다.

"저는 못 합니다. 요즘 감기가 심해져서."

콜록! 콜록!

심하게 기침을 했다.

1시간 뒤, 탁민호에게 누군가가 찾아왔다.

"빛의 성웅이 함께하길 원합니다."

탁민호가 대답했다.

"가시죠."

"에이 씨, 이딴 거. 모두 없어져 버리면 좋을 텐데."

"또 투덜거리냐?"

김동재의 친구인 오형석은 피식 웃었다.

김동재는 언제나 불평불만에 쩔어 있다.

나는 안 해! 못해! 저딴 거 안 하고 말아.

'하지만 너는 또 하게 되어 있지.'

김동재의 별명은 '경찰'이다. 겉으로는 투덜투덜대고 뭐든지 안 한다 하지만, 결국 일이 닥치면 희생을 감수하고서라도 주어진 임무를 해낸다.

"동재, 그래도 네 덕분에 한 번 살았다."

"그때 죽었어야 했는데."

오형석이 김동재의 어깨를 탁 쳤다.

"네가 있어서 든든하다, 인마. 너 없었으면 우리 팀 전부 죽었을지도 몰라."

그때 누군가가 찾아왔다. 김동재가 인상을 팍 찡그렸다. 뭔가, 느낌이 안 좋다.

"누구세요?"

"빛의 성웅이 함께하길 원합니다."

김동재가 뒤도 안 돌아보고 등을 돌렸다.

"안 합니다!"

오형석이 대신 대답했다.

"기쁘다네요."

"흐흐흐."

컴퓨터 화면 앞. 안경을 쓴 강현수는 음흉하게 웃었다.

손가락을 꿈틀거렸다.

오늘이야말로.

봉인을 해제할 시간이다.

"오늘이 처음이지⋯⋯!"

아주 중요한 동영상이다. 강현수의 심장을 강타한 아름다운 성인 배우가 나온다.

여태껏 아껴놨다. 오늘은 보는 날이다. 그동안 일부러 쌓아놓은 욕정도 풀어야겠다.

바지를 벗었다.

그런데 누군가 초인종을 눌렀다.

"⋯⋯제, 젠장!"

이 중요한 순간에 도대체 누구냐!

"빛의 성웅이 함께하길 원합니다."

강현수는 현관문에서 플레이어를 쫓아냈다.

"일단 3분만 기다려요. 중요한 시간이니까. 엄청 중요한 거니까 좀만 기다렷!"

강현수는 다시 컴퓨터 앞에 앉았다. 지금 그는 아주 성스러운 시간을 보내는 중이었으니까.

그 성스러운 시간은 3분 만에 끝났다. 그는 만족했다.

"좋아. 느낌이 좋아. 오늘은 오래 했어."

하여튼 강현수도 빛의 성웅과 함께하기로 약속했다.

빛의 성웅 팀, 헤라클레스 팀, 이형진과 김동재, 탁민호와 강현수가 레밋 던전을 클리어하기 위해 모였다.

탁민호가 물었다.

"빛의 성웅께선…… 대부분 혼자서 클리어하신다고 들었습니다."

그 말인즉, '왜 우리를 이렇게 부른 거냐'다.

"저도 혼자서 클리어하면 좋습니다."

"……."

"보상을 독차지할 수 있으니까요. 하지만 레밋 던전은 그렇게 만만하지 않습니다."

최후의 던전에 도달하기까지 등장하는 굵직한 던전들, 그리고 커다란 던전 브레이크.

이제는 혼자서 클리어할 수가 없다. 대규모 병력이 필요할 때도 있고 또 다른 길잡이들이 필요한 경우도 있다.

레밋 던전에 관한 얘기를 나눴다.

클리어 진행은 3일 뒤.

강민영이 말했다.

"오빠, 수백 명이 참여하는 던전 클리어는…… 이번이 처음인 거네?"

처음은 아니다. 많이 경험했었다. 하지만 이번 생에서는 처음이다.

"응, 잘되어야지."

제대로 클리어하지 못했다간 가평과 청평 일대가 쑥대밭이 되어버릴 테니까.

과거처럼 오염 지역이 되어버릴 테니까 말이다.

'이제부터는…….'

일반적인 클리어로는 힘들 거다.

'아니, 뭐. 애초에 일반적인 클리어를 한 적이 없지.'

황금 골렘을 잡을 때부터 최근의 켈트 던전에 이르기까지.

아는 한도 내의 편법과 공략을 전부 동원해서 던전을 클리어해 왔다.

"레벨만 높다고 안심할 수 있는 건 절대로 아니야."

"응, 알았어요."

과거와는 많이 달라졌다. 고구려를 주축으로 한 플레이어들은 비상식적인 행동을 많이 하지 않았다. 체계가 빨리 잡혔기 때문이다.

대격변 초기에 날뛰던 플레이어들도 나타나지 않았다. 플레이어들 사이에 통용되는 레벨 절대 룰이 지금은 거의 의미가 없어졌을 정도.

"알고 있겠지만…… 레밋 던전은 플레이어의 능력을 제한해."

"응, 아까 오빠가 설명해 줬잖아. 그래도 난 오빠랑 같이 있으면 뭐든지 다 할 수 있을 것 같아."

신희현은 피식 웃었다.

"그리고 여왕 전에 나타나는 그놈은…… 절대 먼저 건드리지 말고."

레밋 던전에 원정대가 모였다.

빛의 성웅 팀을 비롯하여 헤라클레스, 이형진이 이끄는 '폭풍대', 김동재가 이끄는 '정의구현', 그리고 강현수가 이끄는 '아름다운 세계', 거기에 프리랜서 형식으로 의뢰를 받아 일을 하고 있는 지략가 탁민호까지.

빛의 성웅 팀이 소환 영령을 제외하고 5명, 각 팀의 숫자 가 약 12명. 약 40명의 원정대다.

이 소식은 한국 전역을 강타했다.

-사상 최대 규모의 던전이 도래할 것!
-빛의 성웅을 비롯한 최상위 팀들 집결!

그러나 자세한 내용은 보도되지 않았다.

고구려 측에서 손을 썼기 때문이다. 기자들은 일정 지역 이상 접근할 수 없었다.

-가평 지역, 용암처럼 흙이 끓어올라.
-늪지대, 점점 확대 중.

가평 지역의 작은 웅덩이에서 시작된 늪지대가 점점 커져 갔다. 레밋 던전이 활성화되었다는 표시다.

인적이 드문 산속.

신희현은 레밋 던전의 입구를 발견했다. 노란색으로 빛나 고 있다.

탁민호가 중얼거렸다.

"여태껏 많은 던전을 경험했는데 저렇게 밝게 빛나는 건 처음 보네요. 눈이 부실 정도라니."

빛의 세기에 따라 던전의 규모 혹은 난이도가 결정되는 경우가 보통이다.

김동재는 투덜거렸다.

"아씨, 저렇게 밝은 거 처음 보는데. 젠장, 젠장. 오는 게 아니었는데."

오형석이 옆에서 김동재를 툭 쳤다.

"그러면서 표정은 왜 이렇게 비장해? 사명감 쩌는 표정인데?"

어차피 이들은 전부 레밋 던전을 클리어하기 위해 모였다. 지체하지 않았다.

[축하합니다!]

[레밋 던전을 최초로 발견하였습니다.]

탁민호가 만세를 불렀다.

"와, 최초 발견 보상으로 진짜 자유 포인트를 주네? 이거 엄청난데요? 클리어도 아니고 겨우 발견 따위에 자유 포인트를 주다니."

강현수는 흐흐- 웃었다. 심장이 쿵쿵거렸다. 신났다. 주위를 둘러봤다. 그럴 만한 이유가 있었다.

신희현은 그런 강현수를 힐끗 쳐다봤다.

'이번 던전의 열쇠는 네가 되겠지.'

흐흐거리고 웃고 있는 강현수를 한 번 쳐다본 뒤, 신희현이 앞장서서 걸었다.

"탁민호 씨, 저와 함께 앞장서겠습니다."

[레밋 던전에 입성하였습니다.]

[레밋 던전의 효과가 적용됩니다.]

[레벨 상한선이 설정됩니다.]

알림이 들려왔다. 이미 대충 알고 있던 알림이라 크게 신경 쓰지 않았다.

풍경이 바뀌었다. 초원이 펼쳐졌다. 푸른색 들판, 높은 하늘. 저 높은 하늘에는 독수리 비슷한 무언가가 날아다녔다.

"저놈은 신경 쓸 거 없습니다. 공격성이 없습니다."

그때, 땅이 웅웅거리며 떨기 시작했다.

신희현이 숨을 들이마셨다.

흡사 지진이라도 난 것 같았다.

이형진이 말했다.

"폭풍대, 앞으로."

김동재도 명령을 내렸다.

"정의구현, 2시 방향으로 이동한다."

강현수도 말했다.

"우리는 10시."

폭풍대와 정의구현, 그리고 아름다운 세계가 세 방향으로 갈라졌다.

신희현이 탁민호에게 눈짓을 했다.

"오케이, 죽이 되든 밥이 되든!"

어쨌든 하면 되는 거 아닌가.

빛의 성웅도 조심하라고 거듭 당부했다. 잘못하면 죽을 수도 있다고.

'1번 도어에서 죽진 않겠지.'

탁민호가 10시 방향으로, 신희현이 2시 방향으로 뛰기 시작했다.

빛의 성웅 팀은 임시지만 강유석이 이끌게 됐다.

"우리는 뒤에서 대기합니다."

희뿌연 흙먼지가 일었다. 레밋 던전이 본격적으로 시작됐다. 대기는 오래하지 않았다.

"2시는 민영 누나, 그리고 10시는 제가 맡습니다."

4장
청동 강시를 상대하는 법

희뿌연 흙먼지를 일으키며 달려오고 있는 몬스터들은 상반신은 사람의, 하반신은 말의 형태를 가졌다.

이름은 '미노타'.

10시 방향, 12시 방향, 2시 방향에서 각각 세 마리씩, 총 9마리가 접근했다.

신희현이 뒤쪽에서 다시 말했다.

"다시 한번 말하지만 직접 전투는 피합니다."

각 팀을 이끄는 대장격인 이형진, 김동재, 강현수가 알겠다고 대답했다.

신희현은 탁민호를 쳐다봤다.

"탁민호 씨는 저와 함께합니다."

"저 죽는 건 아니죠?"

안 죽습니다.

신희현은 굳이 대답해 주지 않았다. 지략가 탁민호다. 스스로 생각하기에 죽을 것 같은 곳은 애초에 참여하지 않는다.

탁민호는 최후의 던전까지 살아남은 플레이어고, 그를 아는 다른 플레이어들이 생존력 하나만큼은 최고라고 말할 정도였다. 눈치도 빨랐고.

김동재가 명령을 내렸다.

"탱커 연계!"

정의구현의 탱커진이 미노타 세 마리를 막아섰다.

큼지막한 방패를 든 플레이어가 미노타 한 마리를 우직하게 밀어붙였다.

"B대형으로."

폭풍대와 아름다운 세계 역시 비슷한 상태. 탱커들이 먼저 나서서 놈들의 이목을 끌어당겼다.

'역시.'

어그로는 제대로 잡는 듯했다.

확실히, 실력이 제법이었다.

레벨이 거의 비슷한 수준으로 맞춰진 지금, 그들은 확실한 우군이 되어주었다.

신희현은 전방을 주시했다.

'이쯤 되면……'

10시, 12시, 2시.

이 세 방향에서 변화가 일 때가 됐다.

'만약 그게 아니라면.'

변화가 일어나지 않는다면, 그때는 이 미노타들을 실제로 사냥하며 전진하는 수밖에 없다.

'그렇게 되면 체력 소모가 커지겠지.'

레밋 던전은 클리어되지 않았던 던전이다. 클리어까지 도달하는 루트를 모른다는 소리다.

대략적으로 어떠한 것들이 있다 정도만 알고 있다. 그것도 정확하게는 모른다.

말인즉, 신희현에게도 새로운 던전이라는 소리다.

게다가 레벨까지도 제한되어 있는 상태. 체력 안배는 무엇보다도 중요했다.

탁민호가 말했다.

"뭔가…… 나타나고 있습니다."

쿠구궁!

땅이 울렸다.

엘렌이 10시 방향을 쳐다봤다.

'이번에도…… 신희현 플레이어의 말은 맞았다.'

그녀는 안다. 신희현에게는 신희현이 말하는 '예지력'과

같은 능력은 없다. 예지력이 없는데도 불구하고 예지력을 가진 것처럼 행동한다.

최근에는 그 이유에 대해 생각하지 않고 있지만, 그래도 이 현상은 그녀에게도 불가사의한 일이었다.

'혹시⋯⋯.'

엘렌은 고개를 저었다.

미래에서 돌아왔다거나.

'그럴 일은 없겠지.'

파트너들 사이에서도 그런 얘기는 들어본 적이 없다.

있을 수 없는 얘기 아닌가. 미래에서 과거로 왔다니.

그런 건 불가능하다. 시간을 역행할 수는 없다. 그녀가 아는 상식에서는 그랬다.

'하지만⋯⋯.'

혹여, 아주 만약에라도 혹시 'HAN'을 가졌었다면?

최후의 보상 HAN을 얻은 뒤, 보상으로 과거로 돌아가게 해달라고 빌었다면?

'하지만 HAN에 그런 능력이 있을까⋯⋯?'

생각은 더 이상 길어지지 못했다.

신희현이 탁민호에게 말했다.

"우리는 앞으로 침투합니다. 미노타의 이목을 끌지 않도록 주의하면서."

신희현과 탁민호가 움직였다.

땅의 울림이 멈췄다. 플레이어들은 무언가를 발견했다. 높이 솟은 탑처럼 보였다.

강현수는 그것을 쳐다봤다.

"섹시한 건물이네."

하얀색 건물. 높이 솟은 그것은 어찌 보면 남자의 성기 모양 같기도 했다. 길쭉하게 솟은 건물이었는데.

"딜러진, 공격 준비."

그 건물 위로 무언가가 빛나기 시작했다. 강현수는 흥미롭다는 듯 그것을 쳐다봤다.

'플레이어를 공격하는 건축물이라니.'

화염계 마법사가 화염계 마법을 준비하는 것처럼 보일 정도였다. 건물의 꼭대기가 빛났다.

물의 정령사인 강유석도 가세했다.

"저도 같이 공격합니다."

상황은 2시 방향도 마찬가지.

10시 방향이 붉게 빛나고 있다면, 2시 방향은 녹색으로 빛나고 있었다.

뭔가, 어떤 공격이 펼쳐질 것은 틀림없어 보였다.

신희현이 걸음의 속도를 늦췄다.

"여기서는 천천히 움직입니다."

탁민호는 가기 싫었다. 이건 좀 아닌 것 같다. 목소리가
굉장히 작아졌다.

"시, 신희현 플레이어!"

"놈들은 청각에도 반응합니다."

"……."

그는 아무런 말도 하지 못했지만 그의 눈은 말하고 있었다.

'아무리 그래도 그건 미친 짓입니다!'

신희현은 현재 미노타의 다리 사이 아래로 태연하게 걸어
가고 있는 중.

'아, 아무리 어그로를 잡고 있기로서니.'

탱커들이 현재 놈들의 공격을 받아내고 있다. 이목이 탱커
들에게 쏠려 있다.

하지만 그렇다고는 해도 저 밑을 저렇게 태연스레 걸어갈
수 있다니.

'씨, 씨팔. 저러다 한 대 맞으면 골로 간다고.'

혹시라도 어그로가 튀어서 놈들이 자신을 공격한다면?

저 창질 한 방에 쇠꼬챙이 신세가 되고 말 것이다.

신희현이 뒤를 돌아봤다. 눈짓했다. 빨리 오라고.

눈치가 빠른 탁민호는 신희현이 뭘 말하고자 하는지 알 수
있었다.

'빨리 안 지나오고 거기 어물쩍거리면 오히려 공격당할 확

률이 높아집니다.'

에이 씨, 망했다. 이거 뭔가, 초장부터 망한 기분이다.

탁민호는 눈을 질끈 감고-사실 살짝 떴다- 쿵쾅거리는 심장을 부여잡으며 조심스레 걸음을 옮겼다.

얼마쯤 지났을까. 어느 정도 안정권에 들어섰다 싶자 신희현이 달리기 시작했다.

초감각에 뭔가가 걸렸다.

"곧 공격 타워가 공격을 시작합니다."

그 말이 끝나기 무섭게 10시와 2시의 건물들이 공격을 시작했다.

신희아가 멀티 실드를 펼치고 탱커들이 탱커 연계를 더욱 공고히 했다.

10시의 공격 타워는 불 속성. 꼭대기에서 커다란 불덩이를 쏘아냈다.

3시의 공격 타워는 나무 속성. 수 갈래의 나무 채찍이 플레이어들의 머리 위로 떨어져 내렸다.

마치 마법을 사용하는 플레이어처럼 두 공격 타워가 각자의 마법을 사용한 거다.

딜러들은 미노타가 아닌, 공격 타워를 향해 공격을 쏟아부었다.

"딜러진, 공격!"

신희현은 그쪽의 상황을 체크했다.

'좋았어.'

강유석의 공격은 불 속성 공격 타워를 무력화시키는 데 일조했고, 강민영의 불 속성 공격은 나무 속성의 공격 타워를 무력화시키는 데 일조했다.

"놈들에게도 공격 딜레이가 있습니다."

그리고 이때가 기회다.

딜러들이 어그로가 튈 걱정을 하지 않고 공격을 쏟아부을 수 있다.

그러자 쿠구궁! 또다시 땅이 울리기 시작했다.

신희현의 바로 눈앞.

'나타났다……!'

던전의 형태는 각양각색이다. 기상천외한 클리어 방식을 가지고 있는 던전도 있다. 또한 이상한 함정도 존재한다.

저 공격 타워는 대표적인 던전 내 함정이라 할 수 있다.

공격 타워는 보통 한 개 이상이 짝을 이룬다. 서로를 보조할 수 있는 속성을 가진다. 보통은 몬스터를 앞세우고 뒤에서 공격하는 형태다.

신희현이 말했다.

"들어가죠."

그런데 이 함정은 공격 타워뿐만 아니라 공격 타워가 공격을 할 수 있도록 만들어주는 다른 건물도 나타난다.

마력 타워라고 부르는 특별한 형태의 건물로, 일정 수준 이상의 대미지를 입은 공격 타워를 회복시켜 주는 역할과 더불어, 공격 타워가 공격을 할 수 있도록 에너지를 공급하는 역할을 한다.

탁민호도 걸음을 옮겼다.

'이것이…… 마력 타워……!'

아까까지는 모습이 보이지 않았었는데, 모습을 드러냈다. 빛의 성웅의 말이 맞았다.

'아이 씨, 뭔가 잘못 들어온 것 같은 기분이 팍팍 드는데.'

마력 타워의 입구 앞에 섰다. 신희현이 손을 대자 입구가 저절로 열렸다.

[마력 타워에 진입했습니다.]

신희현이 뭔가를 확인했다.

"출입은 자유로운 모양이군요."

들어가면 나오지 못하는 경우도 있다. 신희현은 고개를 가

녑게 끄덕였다.

'좋네.'

혹여, 예상치 못한 어려움에 봉착하게 되면 도망치는 경우도 가정할 수 있다.

확인은 끝났다. 안쪽은 어두웠다. 탁민호가 물었다.

"불을 켤까요?"

"잠시만 기다려 주세요."

신희현은 초감각을 활성화했다.

'초감각.'

걸리는 것은 없었다.

조심스레 몇 발자국을 옮겨봤다.

벽면을 타고 이동했다.

오른쪽 손으로 이곳저곳을 더듬어 만져 봤다.

"빛에 반응하는 함정이 있을 수 있습니다."

이렇게 어두운 곳은 보통 그렇다.

'이제 사용할 때가 됐는데.'

그가 아는 탁민호라면.

"이걸 사용해 보겠습니다."

아무것도 안 하지는 않을 것이다. 괜히 지략가가 아닐 테니까.

탁민호는 무언가를 허공을 향해 던졌다. 있는 힘껏 던지기는 했는데 소리는 거의 들리지 않았다.

그 무언가는 중력의 법칙을 거스르는 듯, 아주 천천히 땅에 떨어져 내렸다.

이쪽과는 반대 방향을 향해 불빛이 켜졌다. 켜지는 시간이 설정되어 있는 랜턴이다.

'슬로우 모션……. 제대로 익히고 있네. 딜레이가 걸린 랜턴도 준비 잘했고.'

사물에만 적용 가능한 스킬, 슬로우 모션.

길잡이 탁민호가 즐겨 사용하던 스킬이다. 아주 천천히 움직이게 만든다. 반대의 효과를 가진 패스트 모션도 가능하다.

랜턴처럼 가벼운 물건이면 굉장히 천천히 움직이게 만드는 것도 가능했다.

랜턴 불이 켜졌지만 아무런 일도 벌어지지 않았다. 빛에 반응하는 함정은 없다는 뜻이다.

"사물을 느리게 만드는 스킬이군요. 좋습니다."

"……."

탁민호는 자신의 귀를 의심해야만 했다.

'응……?'

분명 아무것도 보이지 않았을 텐데.

'완전히 어두운 상황이었는데…….'

그런데도 정확하게 파악했다. 그렇다는 말은.

'이 어둠을 뚫고 볼 수 있는 시력을 가졌다는 소리인가?'

어떤 특수한 스킬이 있을 확률이 높았다. 어둠에 구애받지 않는 그런 스킬 말이다.

물론 그런 스킬은 없다. 신희현이 주장하는(?) 예지력이 있을 뿐이다.

신희현이 앞장섰다. 벽면을 따라 걸었다.

분명 아무것도 없는데 손에 뭔가가 닿았다. 보이지 않는 투명한 벽이 가로막고 있는 것 같았다.

"탁민호 씨, 투시 사용하세요."

"……예?"

탁민호는 깜짝 놀랐다. 저도 모르게 식은땀이 났다.

'그걸 어떻게…….'

그가 투시 능력을 가지고 있다는 건 아무도 모른다.

뭐가 됐든지 한 꺼풀 안을 들여다볼 수 있다.

적어도 아직까지는 모든 것이 투시가 가능했다.

"위층으로 올라가는 단서를 찾을 수 있을 겁니다."

신희현과 탁민호의 목표는 하나였다.

이곳의 꼭대기, 아마도 3층이나 4층 정도 되는 곳에 있을 마력석을 깨뜨려 버리는 것.

그렇게 되면 공격 타워는 제 기능을 완전히 상실하게 될 거고, 1차 관문이 클리어될 것이다. 미노타도 사라질 거고.

현재 있는 곳은 1층.

"능력을 감출 생각은 하지 않는 게 좋을 겁니다. 그쪽 스킬은 이미 전부 알고 있으니까요."

이렇게 말하지 않으면.

'전력을 다하지 않을 테지.'

분명 그럴 거다. 힘을 감추고 어떻게든 살아남는 것에 집중할 사람이다.

그게 잘못됐다는 건 아니다. 살아남는 건 중요한 거니까.

하지만 지금은 그걸 옹호해 줄 생각이 없었다. 탁민호의 능력을 십분 활용할 생각이다.

"……"

뭐지.

탁민호는 조금 혼란스러웠다.

'정말로 내가 가진 능력을 전부 훤히 꿰고 있는 건가.'

어둠을 꿰뚫어 보는 눈.

스킬을 꿰뚫어 보는 눈.

'통찰력 같은 스킬인가……!'

어쩌면 그럴 수도 있겠다는 생각이 들었다.

'투시안'을 가진 자신도 있는데 '통찰안'을 가진 사람도 있을 수 있지 않겠는가.

'벽 너머, 저쪽에 계단이 보인다.'

그래서 솔직하게 말했다.

"좌측 2.3미터 전방. 막 뒤로 계단이 보입니다."

신희현은 그쪽을 향해 움직였다. 여기저기 손을 더듬었다.

그러다가 어느 한 지점에서, 그의 팔이 쑥 들어갔다.

신희현은 어깨까지 팔을 쑥 집어넣고 무언가를 찾는 듯 이리저리 팔을 움직였다.

'찾았다.'

뭔가가 손에 걸렸다. 버튼이었다.

버튼을 누르자 막이 사라졌다. 막이 사라진 건 좋은데, 예상하지 못했던 걸림돌이 나타났다.

탁민호는 하마터면 욕을 할 뻔했다.

'젠장……!'

투시를 통해 볼 필요도 없었다.

쿵! 쿵! 쿵! 쿵!

뭔가가 계단에서 내려오고 있었다.

땅의 떨림으로도 짐작이 됐고, 눈으로도 확인이 됐다.

랜턴을 그쪽을 향해 비췄다.

어두운 계단 위에서 쿵쿵 뛰며 내려오고 있는 것은 생전 처음 보는 몬스터였다.

신희현이 입술을 살짝 깨물었다.

'청동 강시.'

일이 조금 어렵게 됐다.

청동 강시는 정공법으로 상대하기 굉장히 힘든 몬스터 중하나다. 움직임이 굼뜨기는 하나 맷집이 워낙에 좋은 데다가한 방 대미지도 강하다.

단단한 몸집을 가지고 느린 공격을 하는 스타일의 몬스터.

'문제는 잡아봐야 별로 도움이 안 된다는 거지.'

아무리 잡기 힘들어도 그 보상이 달콤하면 잡을 만하다.

그러나 청동 강시는 경험치도 별로고 좋은 아이템을 드랍하는 것도 아니다.

그래서 청동 강시는 굉장히 비인기(?) 몬스터다.

신희현이 말했다.

"어딘가에 부적이 숨겨져 있을 겁니다."

어디에 있을지는 모른다. 벽에 숨겨져 있든 바닥에 있든,혹은 한 청동 강시의 몸에 있든.

"그 어딘가에 몰려 있을 테니 그걸 얼른 찾아서-"

탁민호는 뭔가 불안해졌다. 왠지는 모르겠는데, 그냥 뭔가불안했다.

"……그, 그게 무슨……?"

"이마에 붙이면 놈들의 움직임이 멈출 겁니다."

신희현의 몸이 멀어졌다.

"어, 어디 갑니까!"

"도망이요."

탁민호도 쫓아가려고 했다. 그런데 벌써 신희현은 저만치 멀리 입구까지 도망친 뒤였다.

청동 강시의 행동반경은 이 타워 안인 듯했다.

청동 강시들은 타워 밖으로 나간 신희현을 쫓지 않았다.

몸을 돌렸다. 입구가 막혔다.

"제, 젠장!"

탁민호가 울고 싶었다. 신희현의 목소리가 들려왔다.

"굳이 잡을 필요는 없어요. 그냥 거기서 시간만 끌어요."

그래, 넌 시간이나 끌고 있으렴. 나는 도망칠 거지만.

탁민호의 귀에는 이렇게 들렸다.

"이, 이 비겁한!"

후웅–!

파공성이 일었다.

청동 강시 한 마리가 팔을 앞으로 쭉 편 상태로 탁민호를 공격했다.

좌에서 우로, 탁민호는 몸을 황급히 숙였다.

"으악, 죽을 뻔했네."

청동 강시 군단.

적어도 탁민호는 그렇게 느꼈다. 이 정도면 군단이다. 완전히 포위된 것 같은 기분이었다.

신희현의 목소리가 들려왔다.

"조금만 버티면 금방 구하러 올 겁니다."

신희현은 피식 웃었다.

'저렇게 죽네 마네 엄살을 부려도…….'

그가 아는 탁민호라면 지금 이미 살길을 마련해 놨을 거다. 들어오자마자 탁민호가 한곳을 쳐다보는 걸 봤다.

'그 틈이면…….'

충분히 버틸 수 있을 테지.

'만약 저기서 살아남지 못한다면…….'

그렇다면 탁민호는 최후의 던전에서 딱히 도움이 되지 않을 거다.

"그럴 리는 없겠지만."

물론 그럴 리 없다고 생각한다. 탁민호는 분명 틈을 봤다. 거기로 몸을 움직이고 있을 거다.

밖에서 미노타들과 대치하던 플레이어들도 신희현을 발견했다. 저만치 멀리 신희현 혼자 빠져나오는 게 보였다.

이형진이 인상을 찡그렸다.

"설마 혼자 튄 건가?"

그렇다면 빛의 성웅이고 뭐고 절대 용서할 수 없다. 신의를 배신하는 놈은 성웅의 자격이 없다.

김동재 역시 그쪽을 쳐다봤다.

"어째서 탁민호 씨는 보이지 않는 거지?"

강현수가 뭔가를 발견했다. 그가 보기에 신희현은 지금 뭔가를 하려고 하고 있었다.

'공중으로 뛰어오르고 있다?'

그가 부린다는 바람의 정령을 사용한 것 같지는 않았다.

강유석은 신희현의 의도를 파악할 수 있었다.

'저 타워는…… 위로 올라가는 형태의 탑이다.'

위로 올라가면 클리어의 단서가 있을 확률이 높았다.

'창문을 통해 들어가실 생각인가.'

위쪽에는 창문 비스무리한 것이 있었다.

거리가 멀어서 창문인지 아닌지는 확인할 수 없었다. 정확하게 볼 수는 없지만.

'크기가 굉장히 작은 것 같은데.'

크기는 대충 가늠이 됐다. 굉장히 작았다. 신희현은 절대로 들어갈 수 없을 것 같았다.

강현수가 입술을 살짝 핥았다.

"빛의 성웅은 어떻게 저렇게 자유로이 날아다니는 거죠?"

그건 스카일 덕분이다.

켈트 던전을 클리어하고 얻은 보상.

신희현은 지금 스카일을 활용하여 공중 도약을 하고 있는 중이다.

윈더를 활용해도 되지만 그러면 체력이 소모된다. 그래서 아이템을 사용하고 있는 거다.

신희현은 공중으로 뛰어오르면서 외벽을 살펴봤다.

외벽 자체에는 따로 함정이 없었다.

'문제는 안으로 진입이 가능하냐인데.'

그건 알 수 없었다.

꼭대기 층, 네모난 형태의 틀이 보였다.

창문은 없었다. 언뜻 보면 뚫린 것 같았다.

꼭대기에 있는 개구멍 같다고나 할까.

'초감각.'

초감각을 사용해 봤다. 뭔가 위험한 것이 있다면 걸릴 것이다. 아무것도 없었다.

'그렇다면.'

라비트를 소환했다.

"주인, 이 안으로 들어가면 되는 것이오?"

신희현이 고개를 끄덕였다.

"알겠소. 역시 이 몸은 아주 귀중한 인재란 말이지."

라비트가 탑 안으로 쏙 들어갔다. 겨우 들어갔다.

신희현도 들어가 보려 시도는 해봤지만 들어가지 못했다.

문제는 되지 않았다. 그에게는 교감이 있다. 라비트가 보는 것을 신희현도 볼 수 있다. 이 정도 거리라면 라비트와의 연결이 끊어지지도 않을 테고.

'라비트, 안을 탐색해.'

저만치 아래서 탁민호의 비명이 들려왔다.

"살려줘!!!"

그 비명을 듣고 신희현은 안심했다.

'아직 살아 있네.'

탁민호는 길잡이다. 청동 강시 무리에게 포위당해 공격을 받았다면 지금쯤 시체가 되었을 거다.

비명이 들린다는 건 살아 있다는 소리고 포위당하지 않았다는 소리다. 제 살길을 알아서 잘 찾았을 거다.

탁민호의 목소리가 계속 들려왔다.

"살려 달라고, 이 나쁜 자식아!"

바깥의 플레이어들은 미노타를 상대하며 신희현의 동향을 주시했다.

'뭘 하려는 거지……?'

그래도 역시 빛의 성웅은 빛의 성웅이었다.

허공을 저렇게 자유롭게 움직일 수 있다니.

그 어떤 길잡이도 보여주지 못한 스킬이다.

하늘을 평지처럼 걷고 있는 것. 길잡이뿐만 아니라 다른 플레이어들도 보여주지 못했다. 완전히 새로운 방식이다.

한 플레이어가 신희현의 말도 안 되는 움직임 때문에 집중력을 잃었다.

이형진이 소리쳤다.

"야! 정신 차렷! 오른쪽! 오른쪽에 신경 쓰란 말이야!"

탁민호는 이곳에 들어오면서 한쪽 구석에 있는 작은 틈을 발견했다.

몸을 옆으로 해서 들어가면 간신히 들어갈 수 있는 공간.

"살려줘!"

입은 쉴 새 없이 비명을 질렀지만 몸은 그곳을 향해 착실히 움직였다.

'놈들의 공격은…….'

좌에서 우로, 혹은 우에서 좌로밖에 움직이지 않았다.

움직임이 굉장히 단순하고 느렸다. 그래서 그는 비명을 지르면서 놈들의 습성을 파악할 수 있었다.

'어그로 컴퓨징.'

그는 그의 스킬을 사용했다. 탁민호와 비슷한 형상의 뭔가가 허공에 나타나서.

"살려줘!!! 살려 달라고, 이 나쁜 자식아!"

를 외치면서 이리저리 뛰어다녔다.

청동 강시들은 그 형상을 쫓아 움직였다.

탁민호의 운신이 조금 더 자유로워졌다. 저건 일종의 분신 같은 거다. 어그로를 끌고 몬스터를 혼란시키기 위한 분신 말이다.

'저기다.'

후웅―!

청동 강시의 팔이 움직였다. 이제 놈들의 움직임에 완전히 익숙해졌다.

단단해 보이는 몸만큼 뇌도 단단한 것 같았다.

'좋았어.'

그는 빛의 성웅의 시선이 저쪽을 향하고 있었다는 걸 이미 파악하고 있었다.

안으로 몸을 구겨 넣었다. 청동 강시들이 몰려들었지만 놈들은 탁민호를 공격하지 못했다.

"자, 그러면……."

이제 여기서 부적이 어디 있는지 찾아보실까. 느긋하게.

그사이 그의 분신이 또 비명을 질러댔다.

"살려줘! 나 죽네! 나 죽어!"

신희현은 인상을 살짝 찡그렸다.

'쉽게는 안 된다는 건가.'

3층까지 다이렉트로 온 것까지는 좋은데.

'저놈들이 청동 강시요? 아주 단단해 보이는 놈들이오.'

'직접적인 대결은 피해.'

청동 강시들이 나타났다. 3층 어딘가에 현재 이 관문을 컨트롤하고 있는 마력석이 있을 거다. 그 마력석을 파괴하면 미노타를 비롯한 공격 타워, 그리고 청동 강시 모두가 사라지게 될 거다. 레밋 던전에 대해 모든 걸 알고 있는 건 아니지만 거기까지는 확실했다.

'도망치란 말이오? 그건 검의 아들로서 자긍심이 용납하지 않소.'

'놈들이 워낙 딱딱해서 칼이 부러질 수도 있어.'

'아 참, 난 상인의 아들이지.'

라비트가 빠르게 움직였다.

청동 강시들은 라비트의 움직임을 제대로 좇지 못했다. 움직임에 관한한 상극이었다.

신희현은 라비트의 눈을 통해 안쪽을 자세히 살폈다.

'왼쪽. 세 발자국만 더 옆으로.'

'알겠소.'

'거기서 약 2미터 위. 살짝 튀어나온 벽돌을 눌러봐.'

그와 동시에 라비트는.

'모, 몽골이 송연해졌소!'

라면서 식은땀을 닦아냈다. 라비트의 머리 위로 화살들이 쏟아졌기 때문이다.

왼쪽 벽에서 오른쪽 벽을 향해 쏘아진 철제 화살은 청동 강시 두어 마리의 머리를 뚫고 지나갔다.

파괴력이 굉장했다. 그 단단한 청동 강시의 머리통을 단숨에 뚫어버렸으니까.

'저걸 맞으면 나는 즉사요, 즉사!'

그렇게 시간이 흘렀다.

몇 번을 더 시도했다.

화살로 만들어진 함정이 라비트를 공격했다.

7번째 시도.

'이, 이번이 마지막이오!'

신희현이 선심 쓰듯 고개를 끄덕였다.

'알았어. 이번이 마지막이야.'

왜냐하면 튀어나온 벽돌은 이게 마지막이거든.

신희현의 검은 속내(?)를 알 리 없는 라비트는 조심스레 벽돌을 누른 뒤 황급히 몸을 숙였다. 털이 바짝 섰다.

그런데 아무런 일도 벌어지지 않았다.

천장에서 뭔가가 떨어져 내렸다. 노란색 종이였다.

'윈더.'

윈더를 소환했다. 라비트에게도 명령을 내렸다.

'놈들의 이마에 저걸 붙여.'

윈더와 라비트가 빠르게 움직였다. 노란색 종이가 이마에 붙어버린 강시들은 제자리에 멈췄다.

'이런 못생기고 단단한 것들!'

라비트는 신경질적으로 걸어가 멈춰 버린 청동 강시의 정 강이를 걷어찼다가 근엄한 척했다.

'나는 아프지 않소.'

눈에는 눈물이 핑 고여 있었다.

신희현은 효율적인 체력 관리를 위해 윈더를 역소환한 뒤 라비트와 함께 다시 안쪽을 둘러봤다.

'초감각.'

초감각 영역에 들어오는 부분들에는 아무것도 없었다. 반 대편에는 초감각이 범위가 닿지 않았다.

'라비트, 저쪽으로.'

라비트가 움직였다. 신희현은 그쪽을 자세히 살폈다. 그러 다가 문득 뭔가를 발견했다. 크기가 다른 몇 개의 벽돌이었다.

'저게 단서다.'

크기가 다른 벽돌들을 건드리게 했다. 확인을 위한 가장 간단한 방법이다.

키가 작은 라비트는 레이피어를 동원하고 발뒤꿈치를 들어 올려 낑낑대면서 몇 개의 벽돌을 살짝 눌렀다.

벽돌에서 푸른빛이 새어 나오기 시작했다.

그 빛에 닿은 청동 강시가 연기가 되어 사라졌다.

3층의 가운데에 제단 같은 것이 튀어 올라왔다.

라비트는 거기서 푸른색의 조약돌 하나를 발견했다.

'이걸 부수면 되는 것이오?'

탁민호는 생각했다.

'여기서 얼마나 더 있어야 하는 거지?'

일단은 기다리기로 했다.

조금만 무리한다면, 그러니까 작은 상처 정도를 감수한다면 이 건물 밖으로 나가는 건 그리 어려울 것 같지 않았다. 놈들의 움직임이 워낙에 단순하고 느리니까.

머리를 조금만 더 쓰면 놈들이 서로를 공격하게 만들 수도 있을 것 같았다.

'일단은 기다린다.'

그의 감각에 뭔가가 걸렸다. 위층에서 빛의 성웅이 뭔가를 하고 있다. 정확하게는 알 수 없어도 빛의 성웅이 도망을 친 게 아니라는 건 확실했다.

'뭘 꾸미고 있는 거지?'

알 수 없었다. 그때, 천장으로부터 푸른빛이 새어들어 왔다. 청동 강시들이 연기가 되어 사라졌다.

탁민호는 작은 틈에서 몸을 뺐다. 밖으로 걸어 나갔다. 저만치 위에는 신희현이 둥둥 떠 있었다.

탁민호가 물었다.

"뭐 하고 있는 겁니까!"

신희현이 밑을 힐끗 쳐다봤다. 대답은 알림음이 대신해 주었다.

[레밋 던전 1차 관문이 클리어되었습니다.]

탁민호가 주위를 둘러봤다. 미노타들이 사라졌다. 공격 타워가 무너지고 있는 게 보였다.

플레이어들이 당황했다.

이형진이 외쳤다.

"긴장 풀지 마라. 혹시 모른다."

김동재 역시 이 상황을 제대로 이해할 수 없는 건 매한가지였다.

'뭐가…… 일어난 거지?'

푸른빛이 새어 나오는가 싶더니 모든 것이 다 사라졌다. 1차 관문이 클리어되었단다.

정말로 클리어가 된 것인가.

강유석이 말했다.

"1차 관문이 클리어되었습니다."

그 말은 곧.

"미노타와 공격 타워는 사냥된 겁니다."

"……."

"……."

믿을 수 없었다. 말로는 들었지만 이게 이렇게 쉽게 이루어지다니. 이게 도대체 뭔가 싶었다.

한편, 신희현은 땅으로 내려왔다. 탁민호의 어깨를 두드려 줬다.

"잘 잡아줘서 고맙습니다."

"1층에서 청동 강시들이 움직이고 있지 않으면 탑이 제대로 가동되지 않았을 테니까요."

사실 신희현도 몰랐다. 그도 알림을 통해 들었다.

1층의 가동 상태와 탑 내 플레이어의 유무를 확인한다는 알림이 있었다.

그 알림 이후에, 조건을 만족한다는 알림이 있었고 라비트가 마력석을 파괴할 수 있었다.

의도한 건 아니었는데 어찌하다 보니 그렇게 됐다.

"왜 미리 말해주지 않았죠?"

"해당 플레이어가 그 사실을 알고 있으면 조건이 제대로 만족되지 않기 때문입니다."

영체화 상태의 엘렌은 그 말을 듣고 고개를 들었다. 날개 끝이 구부러졌다.

'어떻게 저렇게 얼굴색 하나 안 변하고 거짓말을……!'

다른 의미로 정말 대단한 파트너라는 생각이 들었다.

탁민호를 1층에 그냥 두고 온 것은 그를 시험해 보기 위한 것 아니었던가.

앰플러스 네임에 빛의 사기꾼을 추가해야 하는 게 아닐까.

엘렌은 그렇게 생각했다.

어쨌든 1차 관문이 클리어됐다. 알림음이 이어졌다.

[2차 관문이 시작됩니다.]

풍경이 바뀌었다.

신희현이 씨익 웃었다. 2차까지는 알고 있다.

2차 관문이야말로 레밋 던전의 백미라고 할 수 있다.

플레이어들이 한자리에 강제로 이송됐다.

원 형태의 어두운 방이었는데 반경이 300미터 정도는 되어 보였다.

김동재가 주위를 둘러봤다.

"이곳은……."

뭐랄까.

"시계……?"

거대한 시계 안에 갇힌 것 같았다. 1시 방향에는 '1', 2시 방향에는 '2', 3시 방향에는 '3', 그렇게 해서 12시 방향에는 '12'라는 글자가 보였다. 그리고 그 글자 아래에는 동굴 같은 것이 있었다.

그리고 이형진의 낯빛이 어두워졌다.

"이게…… 빛의 성웅께서 말씀하신……!"

5장
시체를 태워라

신희현이 고개를 끄덕였다.

'내가 알고 있는 게 여기까지지.'

과거, 여기까지는 클리어가 됐었다. 그다음을 제대로 클리어하지 못해 던전 브레이크가 발생했고.

문득.

'다른 던전들은 던전 브레이크가 진행되고 있겠지?'

그런 생각이 들었다.

그렇다면 밖에서 알아서 잘 막고 있을까?

그건 알 수 없었다. 레밋 던전에서 나왔을 때 세상이 어떻게 바뀌어 있을지 지금은 파악할 수 없었다.

"시계 방입니다."

김동재가 인상을 찡그렸다.

'방치고는 너무 크잖아.'

뭐랄까. 로마 시대 때의 콜로세움에 들어온 것 같은 그런 기분이었다. 원형 경기장 내의 사냥감이 되어버린 듯한 기분 나쁜 느낌이었다.

'괜히 왔어. 괜히 왔어. 괜히 왔어.'

옆에서 오형석이 김동재의 어깨를 주물러 줬다.

김동재가 지금 무슨 생각을 하는지 훤히 보인다. 괜히 왔다고 투덜거리고 있을 거다.

그런 주제에 절대로 도망은 안 치겠지. 좋은 의미로 겉과 속이 다른 녀석이라고나 할까.

신희현이 말했다.

"짝수가 먼저 시작됩니다."

각 숫자 아래에는 동굴 같은 구멍이 있다. 지금은 철창으로 막혀 있다.

탁민호가 물었다.

"저 창이 올라가면서 몬스터들이 튀어나오는 겁니까?"

사방팔방, 더 정확히 말하자면 12개의 구멍에서 몬스터들이 몰려나온다.

신희현은 탁민호를 쳐다봤다.

탁민호라면 어떤 방법을 제시할 확률이 높은데.

'슬슬 말을 할 때가 됐는데.'

원래부터 탁민호가 먼저 고안했던 방법이다. 그가 가진 스킬을 활용해서 말이다.

이윽고, 탁민호가 입을 열었다.

"혹시…… 입구를 틀어막는 건 어떻습니까?"

김동재는 의문이었다. 이런 방법이 정말 효과적일까.

그는 이러한 사냥 형태를 본 적이 없었다.

그가 아는 사냥은, 몰이사냥 혹은 단독 사냥이다.

여러 마리를 한꺼번에 때려잡든지, 그도 아니면 한 마리씩 잡든지.

강현수는 재미있다는 듯 입술을 핥았다.

"길잡이들은 정말 섹시하네요."

탁민호는 '12시'를 향해 걸어갔다. 그 주변을 살펴봤다. 스위치가 보였다.

탁민호가 말했다.

"이걸 누르면 시작되는 것 같습니다."

신희현이 대답했다.

"아직 2차 관문은 시작되지 않았습니다. 지금은 사전 준비

시간이라는 소리입니다."

던전마다 다르기는 하지만 보통은 관문이 끝난 뒤 쉬는 시간이 주어진다. 사전 준비 시간이라고도 하는데, 이때 대부분 체력을 비축하며 회복에 집중한다.

이때 가장 바빠지는 클래스가 길잡이기도 했다. 효율적이고 빠른 길을 뚫어야 하니까.

신희현이 말을 이었다.

"시범적으로 하나 눌러보죠."

그는 알고 있다. 이걸 누른다고 해서 바로 2차 관문이 시작된다거나 하지는 않는다.

지금이 바로 이 관문 클리어에 핵심적인 시간이 될 것이다.

신희현이 버튼을 눌렀다.

드르륵.

드르륵.

철창이 위로 올라갔다. 시커먼 동굴이 입을 벌렸다.

이형진은 철문이 열리는 것을 보고 내심 긴장했다.

'뭐가 튀어나올지 알고.'

신희현이 아무리 강해도 길잡이는 길잡이다.

마틴을 소환했다면 모를까, 마틴조차 없는데 저렇게 무방비한 상태로 탐색을 해도 되나 싶었다.

저건 배짱이 좋은 건지, 깡이 좋은 건지, 그도 아니면 확신이 있어서 저렇게 행동하는 건지.

하여튼 신희현은 그의 상식을 벗어난 사람이었다.

탁민호가 말했다.

"코벌쳐."

스킬명이었다. 동굴 입구의 약 1/3 정도를 가리는 정사각형 형태의 뭔가가 나타났다.

재질은 알 수 없었다. 스킬로 구현된 거니까. 굳이 따져보자면 철제 구조물에 가까웠다.

신희현은 고개를 끄덕였다.

'역시.'

그리고 말했다.

"장애물을 설치하는 거군요?"

"예."

"한 번에 구현 가능한 숫자는 몇 개입니까?"

숫자에 구애를 받지 않는다. 탁민호의 장기다. 체력이 허락하는 한 얼마든지 구현이 가능하다.

신희현이 설명을 덧붙였다.

"짝수 번호부터 클리어를 진행할 겁니다."

강현수가 다시 한번 입술을 핥았다.

"입구 틀어막기를 하고 있는 거군요."

김동재가 고개를 갸웃했다.

"입구 틀어막기요?"

"자세히 보면…… 지그재그 형태로 구조물을 배치하고 있습니다. 몬스터들의 이동을 상당히 제한시키겠죠."

그 말에 김동재도 이해할 수 있었다.

'원활한 흐름을 방해해서 교통 체증을 일으킨다……. 이런 거군.'

그런 것 같았다. 그런데 신희현이 이상한(?) 짓을 했다.

탁민호의 눈이 커졌다.

"그게 뭡니까?"

"저는 코벌쳐 스킬이 없습니다."

이가 없으면 잇몸으로도 살아야지 어쩌겠어.

신희현은 인벤토리에서 알루미늄으로 만든 구조물들을 꺼냈다. 간소화 주머니를 통해 저장해 놨었다.

9살 어린이 마틴이 우람한 근육을 자랑하며 모습을 드러냈다.

"아이고, 형님. 허리 다치십니다."

신희현이 꺼낸 구조물을 신희현이 명령한 위치에 놓았다.

탁민호는 다리에 힘이 풀려 주저앉을 뻔했다.

'저딴 걸 언제 어디서 준비한 거야?'

신희현이 하는 말 중 유명한 말이 있는 걸로 안다.

이 정도는 다들 챙기는 거 아니에요?

그 말의 실체를 여기서 봤다.

신희현의 목소리가 들려왔다.

"이 정도는 다들 챙기는 거 아닌가요?"

"……."

아뇨, 그런 건 빛의 성웅이나 챙기는 겁니다.

탁민호는 황당해져서 고개를 끄덕이고 말았다.

"……그렇군요. 역시 대단한 준비성입니다."

하여튼 2, 4, 6, 8, 10, 12번 동굴에 모두 장애물 설치가 완료됐다.

신희현은 피식 웃었다. 예상외로 시간이 많이 주어졌다.

첫 번째 작업은 완료됐다. 그렇다면 이제 두 번째 작업에 착수할 때다.

이형진은 혀를 내둘렀다.

"도대체…… 저런 걸 얼마나 많이 챙겨 오신 겁니까……?"

강민영이 싱긋 웃었다. 역시 내 남친이다.

그걸 온몸으로 주장하고 있는 듯한 모양새였는데, 이형진이 그 표정을 알아차리지는 못했다. 신희현도 마찬가지긴 하지만.

엄청난 '남친바라기'가 된 강민영은 가늘게 뜬 눈을 신희현에게서 떼지 못했다.

'오빠 짱!'

신희현은 어디서 그렇게 많이 준비한 건지, 저 비싼 알루미늄 합금을 계속해서 꺼냈다.

탁민호가 물었다.

"지금은 무얼 하고 계신 겁니까?"

"탁민호 씨도 눈치채셨을 겁니다. 이곳이 평범한 원형 공간이 아니라는 걸."

"그건……."

그건 당연한 소리잖아!

"이곳을 이루고 있는 암석들의 형태를 자세히 살펴보면."

탁민호가 눈을 크게 떴다.

'언제 그런 것까지⋯⋯.'

솔직히 말해서 발견하지 못했다. 장애물을 설치하는 것에만 신경이 몰려 있었기 때문이다.

그런데 빛의 성웅은 사소한 것까지 눈치챘다. 제대로 신경 쓰고 보지 않으면 절대로 알아채지 못할 거다.

아니, 길잡이가 아닌 다른 클래스들은 눈에 힘주고 봐도 모를 거다.

암석 중 기묘한 형태를 가진 것들이 있었다.

요(凹)와 철(凸) 형태로 생긴 암석들. 이것들은 특별한 방향성을 가지고 있었다.

탁민호가 떨리는 목소리로 말했다.

"12와 2, 4와 6, 8과 10이⋯⋯ 서로를 마주 보고 있는 형상이군요."

"그렇습니다."

역시, 하나를 알려주면 열을 아네.

신희현은 흡족해졌다.

'놀라지 마.'

이거 어차피 네가 다 발견했던 거니까. 조금 충격은 받은 모양이지만.

영체화 상태의 엘렌은 직감했다.

이거 뭔가, 사기 냄새가 슬슬 난다.

정확하게 딱 꼬집어서 '이건 사기입니다!'라고 말을 할 수는 없지만, 하여튼 뭔가 구린내(?)가 났다.

  파트너 생활을 오래하다 보니 약간 감이 왔다.

  이유는 모르겠지만 탁민호를 응원하고 싶었다.

  '힘내십시오.'

  신희현은 알루미늄 합금을 통해 길을 만들었다.

  12와 2가 만나도록, 4와 6이 만나도록, 6과 8이 만나도록, 10과 12가 만나도록 말이다.

  그 작업이 끝났을 때, 강민영이 조심스레 물었다.

  "지금은 뭘 만든 거야?"

  "나도 정확하게는 몰라."

  아마도 12와 2에서 서로 상극인 몬스터가 나오겠지.

  저런 사소한 것들이 클리어의 중요한 단서가 되곤 한다.

  강민영에게 '정확하게는 몰라'라고 말했지만 신희현은 90퍼센트 이상 확신하고 있는 중이었다.

  알림음이 들려왔다.

  [2차 관문, 시계 방이 시작됩니다.]

그와 동시에 신희현이 명령을 내렸다.

"최대한 입구 안에서 처리합니다. 가능한 모든 화력을 쏟아붓겠습니다."

몬스터들이 꾸역꾸역 밀고 들어오기 시작했다. 김동재는 이를 악물었다.

'디펜스다……!'

디펜스 개념이다. 몬스터들이 몰려들고 그걸 플레이어들이 막아내고.

장애물은 그 역할을 톡톡히 수행해 줬다.

몬스터들에게 뛰어난 지능은 없었다. 장애물을 걷어낼 생각은 하지 못하고 길을 따라 걸어오기만 했다.

그것만으로도 그들은 엄청난 체증을 겪어야만 했다.

서로를 짓밟고 넘어지기까지 했다.

우왕좌왕하는 그 틈을 타서 플레이어들은 모든 화력을 쏟아부었다.

그중에서도 단연코 발군은 바로 강민영이었다.

"불 폭풍."

그녀는 마력을 아끼지 않았다.

그녀가 맡은 곳은 8시와 10시.

그녀가 만들어낸 불 폭풍이 피어올랐다.

신희현이 재차 말했다.

"죽이는 것이 아닌, 모든 개체에게 최대한 많은 대미지를 입히는 데 집중합니다."

쿠과광!

콰광!

마법사들은 마법을.

쏴아아아ㅡ!

강유석은 정령술을.

플레이어들은 각자의 공격 방식대로 몬스터들을 공략했다.

폭풍대의 한 명이 외쳤다.

"대장님, 역부족입니다. 놈들이 계속해서 밀려듭니다."

"이런 씨팔!"

누군가 크아악! 비명을 질렀다. 왼쪽 팔이 너덜너덜해졌다.

뒤쪽에서 대기하던 힐러진이 황급히 힐을 쏟아 넣었다. 신강철이 신경질적으로 말했다.

"한 명한테 그렇게 힐을 집중하면 어떡해요!"

저건 낭비다. 그러면서 다른 플레이어에게 힐을 넣었다.

"힐러진은 제가 지휘합니다!"

힐러진은 지금 딱히 지휘자가 없다.

신강철은 일부러 나서지 않았었다. 하지만 안 되겠다. 리더가 없으면 힐을 여기저기 낭비하게 생겼다.

이형진과 김동재, 강현수는 귀를 의심해야만 했다.

[레벨이 올랐습니다.]

[레벨이 올랐습니다.]

[레벨이 올랐습니다.]

'Wild boar' 이후로 이렇게 빠른 레벨 업이 있었나 싶다.

폭풍대, 정의구현, 아름다운 세계의 모든 플레이어는 힘이 솟았다.

'레벨이 이렇게 빨리 오른다고……?'

가끔 이런 몬스터들이 있다.

대량의 경험치를 투척하는 몬스터.

그들의 입장에선 대박이었다. 플레이어 간의 절대 법이나 다름없는 레벨이 이렇게 빠르게 오르고 있으니 말이다.

욕심을 부리는 플레이어들도 생겨났다. 무리하게 공격을 진행하다가 부상을 입기도 했다. 다행히 사망자는 아직 없었다.

이형진, 김동재, 강현수가 명령을 내렸다.

"후퇴한다."

입구에서 막는 건 이제 불가능했다. 몬스터가 너무 많이 쏟아져 나왔다.

이형진은 거친 숨을 들이마셨다.

"헉…… 헉…… 헉……!"

할 일은 다한 것 같다. 최대한 많은 몬스터에게 최대한 많은 피해를 입히도록 노력했다.

빛의 성웅이 주문한 걸 제대로 이행한 셈이다.

체력이 다했다. 더 이상 싸우는 건 무모한 짓이다. 회복이 필요했다.

"가운데로 이동."

12시와 2시가 만나고, 4시와 6시가 만나는 길이 생성되어 있다.

그런데 구조물 사이에 작은 틈을 통해 이동하면 가운데로 모이는 구조다.

플레이어들이 가운데로 모이기 시작했다.

신희현이 씨익 웃었다. 플레이어들이 예상보다도 훨씬 더 잘 싸워줬다.

특히나 고무적인 것은 사망자가 단 한 명도 없다는 것.

그는 스카일을 사용해 몸을 위로 움직였다.

위에서 내려다보니 상황이 훤히 다 보였다.

'좋아.'

요철(凹凸)이 의미하는 게 저거였다.

암컷과 수컷이 만난다.

지금은 생존의 위기를 느끼고 있는 상황.

그런 상황에서 놈들은 정신을 차리지 못하고 교미를 할 확률이 높다.

다 그런 건 아니다. 하지만 몇 놈이 교미를 시작했다.

놈들의 진영이 완전히 무너졌다.

신희현이 말했다.

"민영아, 시작하자."

그때, 탁민호는 발견했다. 강민영 혼자서 담당했던 8시와 10시 방향에 몬스터가 다른 구역에 모여 있는 몬스터보다 훨씬 더 적다는 것을 말이다.

이곳은 레벨이 제한되는 곳이다. 레벨 제한이 있는 곳에서 뭘 어떻게 한 건지 모르겠다. 아까 자세히 살피지 못했다.

탁민호는 하늘을 올려다봤다.

'도대체 저 커플은…….'

뭔가가 있었다. 단순히 레벨과 공격력 문제가 아니었다.

'뭘 어떻게 하려는 거지?'

그때, 신희현이 뭔가를 소환했다.

빛의 성웅 팀에 속해 있는 강유석과 신강철도 저걸 제대로 소환하는 건 처음 봤다.

심지어 친동생인 신희아도 처음 봤다.

'피닉스?'

언젠가 한 번, 정령왕 칸드를 소환하여 시도해 본 적이 있다. 그때 이 말을 들었다.

"이까짓 것도 제약이라고."

레벨 상한선이 걸려 있는 던전이었는데 정령왕 칸드는 그 제약을 너무나도 쉽게 무시해 버렸다.

'등급 자체가 다르기 때문인가.'

아무래도 그런 것 같았다. 이 세계에는 '법칙'이라는 게 존재하지만, 그 법칙이 통용되는 것은 '이하 등급'에서만인 듯했다.

다시 말해, 던전이 강제하는 등급보다 정령왕의 등급이 워낙 높아서 그 룰이 적용되지 않는 거다.

하지만 피닉스는 아니었다.

'이 느낌, 진짜 짜증 나…… 지 않네요. 하하, 하하핫!'

교감을 통해 전해졌다.

피닉스는 지금 수호신 라이나의 눈치를 살피고 있는 중이다. 짜증 난다고 말했다가 라이나라도 튀어나왔다가는 초상 치를 것 같으니까.

물론 신희현은 자의로 라이나를 부른다거나 하지는 않는다. 1초 붙들고 있는 것 자체가 곤욕이다.

칸드 부르는 것도 힘든데, 라이나를 부른다?

어불성설이다. 문제는 피닉스가 그러한 사실을 제대로 파악하지 못하고 있다는 것.

'전 무엇을 하면 될까요, 주인님?'

신희현이 명령을 내렸다.

'빛 폭발.'

알림이 들려왔다.

[스킬, 빛 폭발을 사용합니다.]

번쩍!

빛이 일었다.

피닉스의 몸이 둥그렇게 변하기 시작했다. 구체가 되는 것 같았다.

플레이어들은 눈을 크게 떴다.

"저건……."

처음 본다. 처음 보는 스킬이고, 처음 보는 소환수다.

탁민호는 다른 생각을 했다.

'처음 보는 형태의 공격이다.'

그렇다는 말은.

'아직도 빛의 성웅은 제대로 보여주지 않은 패가 많을 확률이 높아.'

틀림없었다.

'여태까지 보여준 게 다가 아니라니.'

잘 보여야겠다. 그렇게 생각했다.

물론 약간은 오해에 가깝다. 이제 신희현이 탁민호 앞에서 밝히지 않은 능력은 끽해야 라이나의 존재 유무 정도다.

정령왕 칸드야 예전에 사람들 앞에서 '바람 창'을 사용했었고. (사람들이 정령왕이라는 건 모르지만.)

신희현의 몸에 소름이 돋았다.

'빛 폭발을…… 내가 사용하다니.'

그 당시 대구를 통째로 날려 버렸던, 소형 핵폭발과 다름없었다는 그것을 펼치게 됐다.

물론 그때의 빛 폭발과 완전히 같지는 않았다.

'능력이 제한됐으니까.'

그때는 제한이 전혀 되지 않은 상태의 피닉스다. 지금은 레벨 상한선이 정해져 있다.

이곳의 보스 몹이 무엇인지는 모르겠다만, 아마도 그쯤으로 제한되어 있을 거다.

그러니까 피닉스가 열쇠의 형상이 아닌 본래의 형상으로 모습을 나타난 거다. 플레이어들에게 크게 위협이 되지 않으니까.

피닉스가 변한 구체가 조금씩 부풀어 올랐다.

[빛 폭발 발동 5초 전.]

…….

…….

[빛 폭발 발동 1초 전.]

순간, 빛이 번쩍! 크게 터져 나왔다.

구름 사이를 뚫고 나온 햇빛처럼, 그것은 수천 갈래의 가닥을 만들고 주위로 뻗어 나갔다.

신희현은 다리가 풀려 주저앉을 뻔했다. 체력을 엄청나게 잡아먹는 공격인 것 같았다.

빛줄기들은 몬스터들을 향해 뻗어 나갔다. 그것은 마치 쇠꼬챙이라도 된 것처럼 몬스터들의 몸을 뚫어버렸다.

[체력이 회복됩니다.]

[체력이 회복됩니다.]

체력은 금세 다시 차올랐다.

'주인님, 빛 폭발은 연속해서 못 써요.'

'알아.'

'하여튼 놈들을 깡그리 죽이면 되는 거죠?'

'그래, 광역기로.'

피닉스의 몸이 여러 갈래로 또 갈라졌다.

[스킬, 다중 빛 화살을 사용합니다.]

그와 동시에 알림이 이어졌다.

[체력이 회복됩니다.]

신희현은 씨익 웃었다.

'역시.'

칼리아의 반지가 힘을 제대로 발휘하고 있다.

칼리아의 반지와 아르포스 펜던트.

이 둘은 광역 공격에 있어서 신희현에게 거의 무한에 가까운 체력을 공급해 준다.

거기에 더해 강민영이 힘을 최대치로 끌어올려 불 폭풍을 일으켰다. 신희현은 체력을 체크했다.

'좋았어.'

됐다.

빛 폭발이 뿜어낸 빛다발과 쉴 새 없이 쏟아지고 있는 '다중 빛 화살'이 체력을 실시간으로 채워 올리고 있다.

'피닉스를 운용하면서…… 한 개체 정도는 더 운용이 가능

하겠어.'

원더를 함께 소환했다.

지략가 탁민호는 눈을 부릅떴다.

'저게…… 이론상으로 가능한 일인가?'

방금 저 빛 폭발, 엄청난 위력을 보였다.

가운데 광장에 모인 수백 마리의 몬스터를 한꺼번에 공격하는 대단위, 광범위 공격.

파괴력보다도 저 광대한 범위에 놀랐다.

그래도 빛의 성웅 역시 사람은 사람이었다. 빛 폭발을 사용한 직후 다리에 힘이 풀릴 뻔한 것을 탁민호는 분명 목격했었다.

'그 사이…… 벌써 체력을 회복했다고?'

뭐지. 조금 혼란스러워졌다.

'체력 회복 속도가 타의 추종을 불허하는 건가…….'

아무리 그래도 이건 그의 상식으로는 도무지 이해불가였다.

그렇게 큰 기술을 사용하고 곧바로 다시 소환 영령을 하나 더 소환했다. 정확하게 밝혀진 것은 아니었지만 다른 플레이어들보다 훨씬 더 상급이라 짐작되는 바람의 정령을.

"에이드 커튼."

거기에 더해 에이드 커튼을 사용하기까지 했다.

강민영의 불 폭풍이 더욱 크게 불타올랐다. 신희현의 바람이 강민영의 불길을 더욱 거세게 피워 올렸다.

강민영은 왼손으로 맺고 있던 다른 수인으로.

"불 수레!"

또 다른 마법을 사용했다.

불 수레.

불로 이루어진 거대한 바퀴 두 쌍이 구르며 몬스터들을 공격하는 광역 마법이다. 불 수레가 지나간 자리에는 잔불이 남게 되어 몬스터들에게 지속적인 피해를 입힌다.

굳이 지략가쯤 되지 않더라도 상황을 파악할 수 있었다.

'저 커플은 도대체…….'

이형진, 그의 상식으로도 이해할 수 없었다.

더블 캐스팅. 그래, 거기까진 이해할 수 있다.

그런데 더블 캐스팅을 하면서 저 정도 규모의 대단위 공격을 하는데 별로 지친 것 같지가 않았다.

신희현이 말했다.

"모두들 체력 비축에 신경 쓰세요. 지금은 우리 둘이 맡겠습니다."

확실하게 계산이 됐다. 짝수 번호에서 나오는 몬스터들은 강민영과 둘이서 얼마든지 처리할 수 있을 것 같았다.

그 생각은 곧 사실로 드러났다.

약 20여 분간의 전투 끝에, 신희현-강민영 콤비는 몬스터를 깡그리 정리할 수 있었다.

강현수는 입술을 핥았다.

"세상에나……."

저렇게 섹시할 수가.

강현수는 앞으로 뛰었다. 그의 기준으로, 섹시한 것이 많았다.

"아이템들이 아주 대박이네요."

나이가 어린 신강철은 고개를 갸웃했다. 신희아에게 물었다.

"도대체 뭐가 섹시하다는 거야?"

신희아도 고개를 저었다.

"나도 몰라. 저 사람 눈엔 다 섹시해 보이나 봐."

탁민호가 물었다.

"빛의 성웅님."

"신희현이면 됩니다."

이제는 신변에 대해서 그렇게까지 비밀을 요할 필요는 없다. 아마 밖은 이미 던전 브레이크가 시작되었을 거고, 그렇다면 플레이어의 능력은 곧 권력과 힘이 될 테니까.

"하여튼…… 실례가 되지 않는다면 뭐 하나만 여쭤봐도 됩니까?"

신희현은 고개를 끄덕였다. 탁민호가 무엇을 물어보려 하는지 이미 알고 있으니까.

하지만 기다려 줬다. 그가 입을 열 때까지.

"어떻게 그렇게 무한정으로 스킬들을 꺼내 쓸 수 있는 겁니까? 듀얼 클래스와 관련이 있는 겁니까?"

듀얼 클래스를 해서 마력량이 올라가거나 회복 속도가 비약적으로 빨라진다면 누구나가 다 할 거다.

신희현은 고개를 저었다.

"특수한 아이템이 있습니다. 대표적으로 칼리스의 반지, 칼리아의 반지."

그리고.

"클라톤의 반지."

"……예?"

신희현이 어깨를 으쓱했다.

그래, 놀라겠지.

왜냐하면.

"클라톤의 반지는 이미 제가 갖고 있는 아이템입니다. 그런데 마력량과는 상관이 없는 것 같은데요."

"헬파이토 강화석이라는 것이 풀릴 것입니다. 헬파이토

강화석과 르템포 강화수를 조합해서 클라톤의 반지를 강화하세요."

"……."

그러면 비밀이 풀릴 거다.

"아주 커다란 도움을 받을 수 있을 겁니다."

물론 당신은 길잡이니까. 길잡이에 관한 큰 도움을 받을 수 있겠지.

그 말은 하지 않았다. 어차피 먼 미래에는 탁민호가 알아서 했을 일이다.

그는 지략가이면서도 지치지 않는 길잡이로 유명했다.

"……감사합니다."

그는 똑똑히 기억했다.

헬파이토 강화석과 르템포 강화수.

"이 은혜는 잊지 않겠습니다."

"……."

신희현은 가볍게 고개를 끄덕이는 것으로 대답을 대신했다.

그래요. 은혜 잊지 말아요. 당신은 분명 큰 도움이 될 테니까. 근데 그거 원래 당신이 원래 만들 아이템이기는 해요. 하지만 뭐, 시행착오를 조금 줄여주기는 하겠죠.

그 말은 참았다.

엘렌은 눈치챘다.

저 파트너, 뭔가 또 사기 치고 있다.

괜히 날개가 구부러졌다.

신희현은 피식 웃었다.

'최후의 던전까지…… 부디 살아 있기를 빕니다.'

2차 관문은 두 가지 내용으로 구분된다.

짝수 번호의 동굴에서 다수의 몬스터가 나온다.

그리고 휴식 시간을 가진 뒤, 홀수 번호의 동굴에서 몬스터들이 튀어나오게 된다.

이때, 차이점이 있다.

"준비 완료됐습니다."

탁민호와 신희현은 가용 가능한 모든 수단을 활용해서 입구를 전부 틀어막았다.

딱 하나. 1시 방향만 내버려 뒀다.

[준보스 몬스터, '리엘 남작'이 등장합니다.]

1시에서 몬스터 한 마리가 튀어나왔다.

단 한 마리였다.

짝수 번호에서는 다수의 약한 몬스터가, 홀수 번호에서는 단일 개체지만 강력한 몬스터가 나온다.

1시에서 나타난 몬스터의 이름은 리엘 남작.

전체적으로 검은색 옷에 빨간 안감의 망토를 둘렀다.

얼굴이 굉장히 창백했고 머리에는 빨간색 뿔이 있었다.

완전히 걷는 것이 아닌, 약간 떠서 움직였다. 움직임이 굉장히 빨랐다.

"감히 인간들 따위가…… 여기가 어디라고 오는 것이냐?"

신희현은 마틴을 소환했다.

여기는 답이 없다. 꼼수도 없다. 그가 아는 한 그랬다.

이미 알고 있던 지식과 이곳에서 얻을 수 있는 정보들을 취합해 봤는데, 여기는 그냥 힘으로 깨는 수밖에 없었다.

다시 말해, 준보스 몬스터 레이드를 진행해야 한다는 소리다.

다행히 이곳에는 유능한 플레이어가 많이 모여 있었고.

"탱커 연계!"

그들은 각자의 역할을 충실히 이행해 줬다.

입구를 막아놓아서인지는 몰라도 한 번에 한 마리만 모습을 드러냈다.

이형진이 거친 숨을 몰아쉬었다.

"헉…… 헉…… 헉……!"

이형진뿐만이 아니었다. 어지간하면 지친 기색을 드러내

지 않던 강현수 역시 헥헥거렸다.

"아름답지 못한 상황이네요."

그러면서도 자신의 머리카락을 쓰다듬으면서.

"섹시하지 못한 상황이야."

하고 섹시에 대한 미련을 버리지 못했다.

3시, 5시, 7시, 9시, 11시에서 '리엘 남작'이 계속해서 나타났다.

그 와중에 사망자도 무려 6명이나 발생했다. 탱커 4명이 죽었고 딜러 1명, 힐러 1명이 죽었다.

폭풍대가 솔선수범하여 시체들을 한가운데 모았다.

이형진이 그 앞에 섰다.

"묵념."

폭풍대 전원이 고개를 숙였다.

누구의 실수도 아니었다. 그저 리엘 남작이 너무 강했다.

장내에는 침묵이 맴돌았다.

신희현도 묵념했다.

리엘 남작의 '블링크'가 굉장히 거슬렸다.

안정적으로 어그로를 잡았다 생각했는데 예측 못 한 순간에 어그로가 튀었다.

블링크를 통해 순간이동을 한 뒤, 플레이어의 심장에 손을 꽂아 넣었다.

딜러와 힐러는 그 일격에 목숨을 잃었다.

이형진이 고개를 떨구었다.

"먼저 보내서…… 미안하다……."

묵념이 끝났다. 신희현이 말했다.

"시체는 불태우는 것이 좋을 겁니다."

리엘 남작은 '뱀파이어' 계통의 몬스터다.

몇몇 성가신 몬스터 중 하나다. 뱀파이어에게 죽은 플레이어는 뱀파이어로 부활한다.

물론 플레이어가 된다는 소리는 아니다. '로자리오' 정도 되는 뱀파이어가 아니라면 피해자는 이지를 잃는다.

신희현은 무덤덤했다.

"몬스터가 될 테니까."

이런 상황, 전에도 많이 있었고 앞으로도 많이 있을 일이니까.

죽음 하나하나에 의미를 부여할 수는 없었다.

이형진이 무겁게 입을 열었다.

"시체를…… 불태워 버려야 한다는 겁니까……?"

"……."

그럴 수는 없습니다.

이형진은 말하고 싶었다. 하지만 말할 수 없었다.

빛의 성웅의 말이 사실이라면 시체들을 불태우는 것이 합리적인 선택이 될 테니까.

그런데 누군가가 말했다.

"말도 안 돼요!"

시체 앞에서 무릎을 꿇고 오열하던 한 여자였다.

그녀는 시체 하나를 끌어안았다. 절대 그럴 수 없다며 핏대를 세웠다.

신희현은 눈을 살짝 감았다.

'또냐.'

그야 익숙하다지만 다른 플레이어들은 아니다.

이런 일, 한두 번 겪는 게 아니다. 지금 저 상태의 플레이어에게는 무슨 말을 해도 들리지 않을 거다.

아마, 죽은 남자의 애인 혹은 아내 정도 되겠지. 그녀의 마음을 이해하지 못하는 건 아니었다.

아니, 누구보다도 잘 알고 있다. 강민영을 이미 한 번 잃어봤으니까. 그도 가족들을 한 번 잃어봤기 때문에 저 절절한 마음을 잘 이해하고 있다.

신희현이 입을 열었다.

"그럼 이렇게 하죠."

6장
던전 브레이크

신희현이 제안했다.

"반대하시는 분이 있으면…… 그 시체는 남기겠습니다."

"……."

"하지만 만약 플레이어가 몬스터로 변한다면……."

신희현은 잠시 말을 끊었다.

그게 얼마나 힘든 일인지 안다.

하도 오래전이라 기억이 가물가물하기는 하지만, 몬스터화한 플레이어를 죽이는 것은 그도 쉽지 않았었다.

"그땐 그쪽 손으로 직접 죽여야 할 겁니다."

일부러 이렇게 처리하는 거다.

'분명히…… 죽일 수밖에 없을 거다.'

되살아나긴 하는데, 원래의 모습과는 약간 다를 테니까.

꼭해야 남작급에게 당한 플레이어는 이지를 완전히 잃는다.

모습도 변한다. 아마도 털이 솟아날 것이고 송곳니가 길게 자랄 거다.

하반신은 늑대처럼 변할 가능성이 높다. 등에는 박쥐의 날개 같은 날개가 생겨날 거고.

원래의 모습은 사라져 버린다는 소리다.

'한 번은…… 겪어야 할 일이야.'

직접 경험하지 않으면 모른다.

왜 시체를 태워야 하는지 말로 설명하는 것보다 시간을 주고 스스로 알게 하는 게 훨씬 현명한 방법이다.

여자는 고개를 끄덕였다.

"……알았어요."

시체가 된 남자를 껴안고 계속해서 펑펑 울었다.

안 변할 거야. 내가 예쁘게 묻어줄 거야. 마지막까지 함께하지 못해서 미안해.

그녀는 그렇게 울었다. 다른 시체들은 불태워졌다.

신희현이 말했다.

"잠시 휴식하겠습니다. 탁민호 씨와 저는 주변을 탐색하며 다음 관문을 대비하겠습니다."

한 시간 정도가 흘렀다. 죽었던 플레이어의 몸이 꿈틀거리기 시작했다.

여자의 이름은 최송희.

이형진이 이끄는 폭풍대 소속, 방금 죽은 탱커인 남기성의 애인이었다.

그녀는 남기성의 죽음을 이해할 수 없었다.

늘 그렇듯 사랑하는 사람의 죽음이라는 건 이성을 마비시켜 버린다.

죽음은 원래 이해되는 영역이 아니다.

"살았어……. 살아났어……!"

그녀는 남기성의 몸을 더 확 끌어안았다.

이형진이 눈을 크게 떴다. 그는 언제라도 공격할 준비를 끝낸 상태.

남기성을 잃은 건 안타깝다. 아끼는 동생이었다.

그도 슬프다. 하지만 그로 인해 또 다른 동생을 잃을 수는 없었다.

최송희가 울먹거리면서 말했다.

"대장님, 이거 봐요. 손을 움직여요."

"……."

이형진은 발견할 수 있었다. 남기성의 손가락 끝, 그러니까 손톱이 날카롭게 자라고 있는 것을.

다리에선 털이 솟아나고 있었다. 하반신이 늑대처럼 변했다. 등 뒤쪽에서는 날개 비슷한 것이 피부를 뚫고 튀어나왔다. 날개가 튀어나온 그곳에선 피가 철철 흘러내렸다.

"기성 씨……?"

이형진이 검을 내질렀다.

챙!

소리와 함께.

남기성의 몸이 멀어졌다. 이형진의 검과 남기성의 손톱이 부딪쳤다.

남기성, 아니, 이제는 몬스터가 되어버린 그것이 뜨거운 입김을 내뱉었다.

크르르르-!

침을 질질 흘렸다. 얼굴의 형태가 기괴하게 일그러졌다.

주둥이가 더 튀어나왔다. 반쯤은 사람 같기도, 또 반쯤은 늑대 같기도 한 모양새.

주변을 탐색하던 신희현이 남기성을 발견했다.

'시작됐네.'

완전히 달라진 모습. 사람이었던 때의 모습을 떠올릴 수 없었다. 사랑했던 여자를 공격했다.

'더 이상 사람이라고 볼 수 없어.'

더 정확히 말하자면 시체를 숙주 삼아 새로이 나타난 몬스터라고 보는 것이 옳았다.

신희현은 그렇게 생각하고 있었다.

'그렇게 강한 몬스터는 아니니까. 알아서 잘 처리하겠지.'

폭풍대, 아니, 이형진 정도면 일대일로도 쉽게 잡을 수 있을 거다. 그렇기 때문에 그냥 내버려 둔 거고.

최송희는 울었다.

"기성 씨! 제발! 제발 정신 차려!"

이형진이 고개를 저었다.

"저건 더 이상 기성이가 아냐."

"안 돼요. 제발요. 대장님. 기성 씨란 말이에요. 제가 잘 말해볼게요. 제가 말하면 알아들을 수 있을 거예요. 제발요. 기성 씨, 제발! 제발 나를 좀 봐봐! 나잖아, 나야. 제발."

그러나 그녀의 간절한 외침은 통하지 않았다. 결국 보다 못한 이형진이 말했다.

"네 손으로 끝내는 게 낫겠다."

이성을 잃었던 최송희다. 하지만 시간이 지나면 지날수록, 신희현의 말을 인정할 수밖에 없었다.

이제 저 사람은 남기성이 아니었다. 분명히 알게 됐다.

"기성 씨……."

결국 그녀는 그녀의 무기인 해머를 들어 올렸다.

"미안해……."

그녀는 알게 됐다. 머리로만 알 때는 몰랐는데, 실제로 경험해 보니 알겠다.

이 세상은 게임이 아니다. 예전부터 알고는 있었는데, 이렇게 처절하게 알게 될 줄은 몰랐다.

"미안해…… 기성 씨."

몬스터의 시체가 조금씩 사라져 갔다.

조용해졌다. 모두 아무런 말도 하지 못했다.

저 참담한 심정을 누가 위로할 수 있을까.

신희현도 아무 말 하지 않았다.

'다들…… 느끼는 게 있을 거야.'

예전과는 분명 다르다. 플레이어들의 마음가짐도 많이 바뀌었을 거다.

이 세상은, 자신이 사랑했던 사람조차도 죽여야 하는 그런 세상이 되고 만 거다.

'3차 관문은…… 언제 시작되는 거지?'

그러던 와중, 탁민호가 뭔가를 발견했다.

"외부로 이어지는 통로가 있습니다. 3시 게이트입니다."

3시 방향에 있는 동굴.

탁민호가 그곳을 탐색하다가 새로운 길을 발견했다.

그리고 그 끝에는, 마치 다른 곳으로 순간이동을 시켜주는 것이라 짐작되는 무언가가 있었다.

[TIP: 워프 포탈입니다.]

'워프 포탈'이라 이름 붙은 특별한 곳. 이곳을 통해 다른 곳으로 이동할 수 있다.

'3차 관문으로 이어지는 길인가.'

시간이 꽤 흘렀음에도 불구하고 3차 관문으로 이어지지 않았다.

그렇다면 이 길로 가는 게 맞을 확률이 높다.

12개의 방향을 모두 탐색해 봤는데.

"1시간 단위로 워프 포탈이 이동합니다."

워프 포탈은 계속해서 이동했다. 12에서 1로, 1에서 2로, 2에서 3으로.

이걸 알아내는 데 3시간이 걸렸다.

지금 막 워프 포탈이 6에서 7로 이동했다.

신희현은 확신할 수 있었다. 이것이 다음 관문으로 가는 길이다.

신희현이 말했다.

"제가 먼저 이동하겠습니다."

신희현의 몸이 빛에 휩싸였다. 그리고 사라져 버렸다.

신희현은 주위를 둘러봤다.

홀로그램 세상 속에 빠져 있는 것 같은 기분. 디지털 세계에 빠진다면 이런 느낌이 아닐까 싶다.

3초 정도의 시간이 지났다.

새로운 세상이 나타났다. 거대한 절벽 지대.

신희현은 곧바로 윈더를 소환했다.

'윈더, 하늘 높이 올라가서 전체적인 지형을 살펴.'

그사이 다른 플레이어들도 이동해 왔다. 누군가가 말했다.

"여긴 무슨…… 그랜드 캐니언 같네."

절벽이 굉장히 높았다. 절벽 사이 계곡에 플레이어들이 집결했다.

신희현은 윈더의 눈을 통해 이곳을 파악할 수 있었다. 'ㄹ' 자 형태의 절벽 지대였다.

플레이어들에게 동시에 알림이 떴다.

[10:00]
[09:59]
[09:58]

1초씩 계속해서 줄어들었다. 신희현이 말했다.
"빠르게 이동합니다. 설명할 시간이 없으니."

강민영은 신희현과 발을 맞추어 뛰었다.

지금은 말을 걸지 않았다. 이렇게 격렬하게 뛰고 있으면 호흡이 흐트러질 수 있기 때문이다.

신희현이 한곳에서 멈췄다. 신희현은 호흡을 고른 뒤 빠른 템포로 말했다.

"이곳이 시작 지점입니다."

아마도.

"몬스터 웨이브가 시작될 겁니다."

그리고 끝 지점이 있다.

"이곳은 리을의 맨 꼭대기. 상단 지점입니다. 그리고 이곳의 끝은 리을의 맨 마지막 부분입니다."

'ㄹ'자 절벽 지대. 시작과 끝이 정해져 있는 곳이다.

그렇다 함은.

"위치를 잡고 놈들을 막아야 합니다. 디펜스 던전입니다."

밀려드는 몬스터들을 막아야 한다는 소리다.

이형진과 김동재, 강현수는 그 말을 이해했다.

이제 남은 시간은 겨우 1분 30초.

"탁민호 씨와 저는 최대한 장애물을 설치해야 합니다. 꺾이는 코너 부분을 집중 공략합니다."

일자 지역에서는 몬스터가 쉽게 밀고 들어온다. 하지만 꺾이는 부분에서는 우왕좌왕하게 마련이다.

따라서 놈들을 막기에는 그곳이 가장 적당한 위치.

신희현이 계속해서 빠르게 말했다.

"중간중간 장애물을 설치합니다. 가능한 모든 수단을 동원해서. 아이템도 좋습니다. 뭐가 됐든 길목을 막아야 합니다."

시간이 더 줄어들었다. 이제 남은 시간은 불과 30초.

'젠장, 시간이 좀 부족한 것 같은데.'

뭔가 촉박하게 돌아간다. 불길한 기분이 들었다.

네 발을 가졌다. 크기는 약 5미터 정도.

코끼리처럼 코가 긴데, 앞발은 마치 날카로운 낫으로 만들어져 있는 듯했다.

거대한 갑각류같이 생긴 그것은 코끼리가 포효하듯 뿌우우우-! 소리를 내며 전진하기 시작했다.

신희현이 말했다.

"놈들을 전부 죽이면 됩니다. 한 마리씩 차근차근 죽이는게 좋습니다. 광역 딜러는 최대한 딜을 쏟아 넣고, 디버퍼들은 움직임을 묶는 데 주력합니다!"

신희현 역시 딜을 준비했다.

'덩치가 너무 커서…….'

한곳에 몰아넣고 몰이사냥 하기가 쉽지가 않다. 놈들은 앞만 보고 달리고 있다.

플레이어들을 공격할 생각은 없는 것 같았다. 그저 끝 지점을 향해 달릴 뿐.

'너무 큰 기술을 쓰면 내 체력이 먼저 바닥난다.'

놈들의 덩치가 너무 크기 때문이다.

한 번의 공격으로 최대한 많은 놈들을 공격해야 체력 제한없이 공격을 할 수 있는데 지금은 그럴 수가 없었다.

'루시아.'

루시아를 소환했다. 루시아와 윈더를 연계했다. 강민영을 비롯한 마법사들도 각자의 마법을 뿜어냈다.

"폭풍대! 1진, 뒤로! 2진, 앞으로!"

"아름다운 세계, 지금입니다. 앞에서 3번째. 광훈이랑 종현이가 두 놈한테 박고, 유찬이 상호 4번째에 박아버렷!"

딜이 낭비되면 안 됐다. 최대한 많은 공격을 한 번에 쏟아붓되, 낭비되는 공격은 없도록.

각 팀의 리더들이 쉴 새 없이 명령을 내렸다.

신희현이 입술을 깨물었다.

'젠장.'

이거, 쉽지가 않을 것 같다.

어찌어찌 막아내기는 했는데 또다시 알림이 보였다.

[10:00]

[09:59]

시간이 또 줄어들고 있다. 점점 더 강한 놈들이 나타날 것이 뻔한데.

'던전 브레이크는…… 막을 수 없는 건가?'

처음으로 암담한 기분이 들었다.

레밋 던전은 과거에도 브레이크가 일어났었다.

던전을 클리어하면 어떤 보상이 주어질지 잠깐이나마 기대했었는데, 아무래도 브레이크가 일어날 상황도 염두에 둬야 할 것 같았다.

아주 잠깐이지만, 신희현은 머릿속을 정리했다.

'현재 가지고 있는 것이 스카일, 퓨리어스, 아르포스 펜던트, 제왕의 발톱, 칼리아의 반지.'

그리고 아탄티아 던전 클리어를 위해 반드시 필요한.

'상급 워터 볼, 레벤톤의 뿔, 토닉스.'

그 세 가지.

'던전 브레이크가 발생하면…… 레벤톤이 나타나겠지.'

레벤톤이 처음 목격된 곳이 바로 이곳, 레밋 던전이 파괴되었던 곳이었으니까.

길잡이는 플레이어들을 인도하는 클래스다. 모든 상황을 염두에 두고 움직여야 했다.

'막아낸다면…….'

그렇다면 좋겠지만 그러지 못한다면.

'던전 브레이크 시에는…….'

그때는 다르게 행동해야만 할 것이다. 상황이 많이 바뀔 테니까.

알림을 확인했다.

[00:10]

[00:09]

10초 남았다. 신희현과 플레이어들은 공격할 준비를 끝마쳤다.

두 번째 나타난 몬스터는 아까의 놈들보다 크기가 더 컸다. 아까는 갑각류 같았는데, 이번에는 철을 몸에 두른 것 같은 모양새다.

신희현이 명령을 내렸다.

"공격 중지."

그 말을 들은 각 팀장들도 명령을 내렸다.

"공격 중지!"

모두가 공격을 멈췄다. 의아한 듯 신희현을 쳐다봤다.

그사이, 몬스터들은 계속해서 'ㄹ'의 끝 지점을 향해 움직였다.

김동재가 물었다.

"어째서……?"

신희현이 대답했다.

"우리는 던전 브레이크를 대비합니다."

어차피 못 막을 거라는 계산이 섰다.

억지로 막아서느니 차라리 휴식을 취하면서 체력을 비축

하는 게 훨씬 낫다.

어쨌든 던전 브레이크는 발생한다. 그때의 피해를 최소화해야만 한다.

'계획은 다 그려졌어.'

팀장들을 불러 모았다. 던전 브레이크에 관해 설명했다. 그러는 사이 시간이 흘렀다. 알림이 들려왔다.

[던전 클리어에 실패하였습니다.]
[던전 클리어 실패에 따른 페널티는 없습니다.]

페널티는 없었다.

다만.

[던전 브레이크가 진행됩니다.]

과거에도 진행됐었던 레밋 던전의 던전 브레이크가 시작됐다.

던전 브레이크는 막을 수 없었다. 레벨 제한이 걸려 있는 지금, 모든 일이 마음먹은 대로 풀려가는 건 아니었다.

강민영이 신희현의 손을 잠깐 잡았다.

"오빠."

강민영은 신희현을 올려다봤다. 레밋 던전에 오기 전에 이미 들었다. 만에 하나, 던전 브레이크가 발생했을 시에 어떻게 행동해야 하는지.

다른 플레이어들에게는 일부러 말하지 않았다. 사기를 꺾는 행동이 될 수도 있었기 때문이다.

'또 오빠 말대로 됐네.'

그녀가 본 신희현은 확실히 길잡이가 맞았다.

최선책의 길을 선택하고 그게 안 되면 차선책, 차차선책의 길을 미리 마련해 놓는 길잡이.

강민영이 말했다.

"준비할게."

"응."

던전 브레이크가 시작되면 던전 내의 몬스터들이 지상으로 튀어나오게 된다. 그것도 엄청나게 많은 숫자가.

던전 브레이크가 일어나면 무수히 많은 사망자가 발생하게 된다. 아무리 신희현이 버티고 있다고 해도 그건 어쩔 수 없을 거다.

아주 잠깐의 시간이 있다.

신희현이 설명했다.

"던전 브레이크가 시작되면 몬스터가 엄청나게 많이 나타납니다. 우리는 몬스터들을 잡아야 합니다."

당연한 말이다.

다들 신희현을 쳐다봤다. 신희현이 저렇게 말을 꺼내는 것에는 분명 이유가 있을 테니까.

"일정 숫자의 몬스터를 사냥하면 마력석이 생길 겁니다. 우리의 최종 목표는 어딘가에 숨겨져 있을 그 마력석을 찾아 파괴하는 겁니다."

마력석 자체는 문제가 별로 되지 않는다.

그런데 마력석은.

"마력석은 땅을 오염시킵니다."

특별한 힘을 가지고 있다. 이 땅을 오염시켜 버린다.

이른바 '몬스터 랜드'가 생성된다. 식물이 자랄 수 없는 죽은 땅이 되어버림과 동시에 몬스터들이 우후죽순 생겨나게 된다.

이형진이 물었다.

"보통…… 어느 정도의 숫자가 나타납니까?"

마력석은 둘째 문제다. 그에게 있어서는 일단 몬스터의 처리가 급선무였다.

방금 놈들을 봤다. 거대한 갑각류 코끼리인 놈들의 방어력은 상당했다.

공격은 당해보지 않아서 모르겠지만, 칼날 같은 거대한 앞발을 봤을 때에 놈들은 상당히 강력할 거란 생각이 들었다.

"던전 브레이크의 규모마다 다릅니다."

레밋 던전의 경우는.

"아마도 7천 이상의 몬스터가 나타나리라 짐작됩니다."

과거에는 그랬다. 과거에는 7천 마리 이상의 몬스터가 튀어나왔다.

레벨 100 이하의 몬스터가 1천 마리가량.

100에서 150 사이가 4천 마리가량.

150 이상이 3천 마리가량.

"그중에서 크기 약 15미터의 코뿔소 형태 몬스터는 건드리지 않습니다. 두 발로 일어선 형태의 코뿔소입니다. 이름은 레벤톤."

놈은 직접 잡을 거다.

원래 나중에 잡으려고 했었다. 흔히 등장하는 몬스터는 아니지만, 그래도 나중에 한 번 마주칠 기회가 있다. 그래서 그때 잡으려고 했는데, 차라리 잘됐다. 지금 잡을 거다.

"놈을 자극하면 이 일대가 쑥대밭이 되어버립니다."

이형진이 물었다.

"그럼 놈은 어떻게 합니까?"

"저 혼자 잡습니다."

"……."

이형진은 묻고 싶었다.

그 정도로 강력한 힘이 있었으면 아까 던전에서 진작 좀 발휘하지.

하지만 따질 수는 없었다.

"모두들 잘 들었으리라 믿는다. 전원 전투준비!"

그에 반해 탁민호는 잠시 생각에 빠졌다.

'레벤톤은 강력한 개체다. 빛의 성웅은 레벤톤만 신경 쓰고 있는 것 같아.'

어째서?

7천에 이르는 대규모 물량 공세는 두렵지 않다는 뜻인가?

이쪽은 그래 봐야 몇 명 되지도 않는데.

'이상해.'

몇 명 되지도 않는 인원으로 7천 마리의 몬스터를 막아낼 수 있을까?

'아까 놈들의 방어력을 보건대……. 절대 쉽지 않아.'

분명히 그랬다. 쉽지 않은 정도가 아니라 매우 어려울 거다. 어쩌면 전원 사망을 염두에 둬야 할지도 모를 일이다.

그런데 어째서 신경을 쓰고 있지 않은 것 같은 거지?

'어쩌면…….'

가정을 해봤다. 아주 어쩌면, 빛의 성웅은 힘을 아직도 많이 감추고 있다든가.

'그도 아니면…….'

어쩌면 레벨이 엄청나게 높아서 아까 레밋 던전에서는 힘을 발휘하지 못했던 건 아닐까.

'아니, 그래도 상식이라는 게 있는데.'

아무리 그래도 상식이라는 게 있지 않은가.

사람들은 빛의 성웅의 레벨이 한 250 정도 되지 않을까 추측하고 있다.

그것마저도 '말도 안 된다' 혹은 '상식적으로 불가능하다'라고 말하고 있는 판국이다.

'젠장, 나 살 궁리부터 해야 되나.'

그때, 신희현이 말했다.

"탁민호 씨는 마력석을 찾는 데 집중하면 됩니다. 아 참, 그리고 혹시 얼굴을 공개하고 싶지 않은 분들은 폴리모프 물약을 미리 복용하는 게 좋을 겁니다."

"예……?"

몇몇이 폴리모프 물약을 꺼내 먹었다.

설마 밖에 누군가가 기다리고 있다거나 하지는 않겠지라고 생각은 하면서도 일단 먹기는 먹었다.

쿠구궁!

땅이 울렸다.

던전 브레이크가 시작됐다.

김상영은 기자다. 그는 가평 일대를 돌아다니며 특종거리를 찾고 있다.

믿을 만한 소식통에 의하면 빛의 성웅 팀이 이쪽에 와서 던전 클리어를 진행하고 있단다. 거기에는 그 유명한 폭풍대와 아름다운 세계, 거기에 정의구현까지 함께하고 있단다.

"분명 이 부근이라고 했던 것 같은데."

길잡이까지 대동했다. 그도 말했다.

"분명 이 부근입니다."

"더 자세하게 파악은 못 해요?"

"제 실력으로는 여기까지가 한계입니다."

"어쩔 수 없죠. 이 부근에서 대기해야 할 것 같아요."

인내와의 싸움이라고 생각했다. 혹시라도 던전을 클리어하고 나오는 플레이어들과 인터뷰라도 할 수 있으면 대박이다.

그 유명한 빛의 성웅과 유명 팀들이니까.

"어…… 어?"

갑자기 땅이 울리기 시작했다.

눈에 뭔가가 보이는 건 아니었는데 쿠구궁! 거대한 소리가 들려왔다.

콰과광!

천둥이 치는 것 같은 소리도 들려왔다.

땅이 더욱 세게 흔들리기 시작했다.

"지, 지진인가!"

그랬다가 이내 깨달았다.

"서, 설마 이건……."

전국 곳곳에서 진행되고 있는 던전 브레이크, 그 전조증상과 거의 비슷했다.

길잡이가 욕설을 내뱉었다.

"이런 젠장!!!"

그리고 도망치기 시작했다.

그가 아는 한 던전 브레이크가 진행되면 그 일대는 초토화된다.

고구려에서 플레이어들을 파견하여 본격적으로 사냥이 진행되어야만 한다.

던전 브레이크는 천재지변이다. 인간의 힘으로 어떻게 막을 수 없는. 일단 발생하면 막대한 피해를 입힌다.

"어, 어디 갑니까!"

김상영과 카메라맨은 길잡이를 놓쳤다.

아주 고수 길잡이는 아니지만, 그래도 길잡이는 길잡이다. 일반인인 김상영과 카메라맨이 쫓아갈 수는 없었다.

김상영은 입술을 깨물었다.

"제기랄……."

여기가 어디인지도 제대로 모르겠다.

카메라맨이 말했다.

"던전 브레이크가 발생하면 땅이 오염된다던데……. 일반인은 거기에서 숨만 쉬어도 위독하다던데요."

"그건 과장이야. 아직까지 그 자체로는 뭐가 어떻게 된다는 건 없었어."

그런데 문제는 문제였다.

쿠구궁!

소리와 함께 계속해서 땅이 진동했다.

던전 브레이크가 발생한 것 같다.

그렇다는 말은, 빛의 성웅 팀이 던전 클리어에 실패했다는 뜻 아닌가.

빛의 성웅조차도 클리어에 실패한 던전, 그 던전의 던전 브레이크가 진행된다면?

'상상할 수조차 없는 피해가 일어날 거야.'

그때, 저만치 앞에서 플레이어들이 보였다.

김상영은 그쪽을 향해 달려갔다. 몇몇 인상착의를 파악하고 있는 플레이어도 보였다.

대표적으로, 폭풍대를 이끌고 있는 이형진의 얼굴이 보였다.

"잡아, 잡아. 얼굴 잡아."

이형진이 확실했다.

그는 지금 던전 브레이크가 진행된 곳에 있다는 것도 잊고 흥분했다.

이형진과의 단독 인터뷰 아닌가.

그런데.

'저, 저놈은……!'

아무래도 이런 생각을 한 게 자신만은 아닌 것 같았다.

도대체 어디에 있었는지 몇몇 기자가 모습을 드러냈다. 아마도 이쪽 부근에서 대기를 하고 있었던 모양이다.

그와 비슷한 모양새로 플래시를 터뜨리며 달려오고 있었다. 그 모습을 보면서 김동재가 인상을 찡그렸다.

"빛의 성웅님 말이 맞네요."

신희현이 말했다.

"저 사람들을 열심히 지킬 필요는 없습니다."

과거에는 꽤 있었다. 기자들이 방해해 대는 통에 사고가 몇 번 났었다.

기자를 구하다가 플레이어가 죽는 경우도 있었고, 기자들 때문에 동선이 꼬여서 연계가 안 된 적도 있다.

결국 플레이어들은 취재를 온 기자들을 지켜주지 않는다 라고 암묵적으로 합의하게 됐고, 기자들의 사망이 속출하게 되면서 기자들의 원정이 많이 줄어들었었다.

탁민호가 신희현에게 물었다.

"저는 지금부터 마력석을 찾으면 됩니까?"

신희현이 고개를 끄덕였다.

"정확하지는 않지만 약 4천 정도의 몬스터를 죽이면……
단서가 포착될 겁니다. '플로우 아이'를 사용하세요."

플로우 아이.

마력 혹은 에너지의 흐름을 찾는 길잡이 전용 스킬이다.
대부분의 길잡이가 익히고 있는 스킬이기도 했다.

"탁민호 씨 능력이면 어렵지 않게 찾을 수 있을 겁니다."

몬스터들이 나타나기 시작했다. 공간이 대규모로 일그러
졌다. 여기저기서 각양각색의 몬스터가 나타났다.

신희현이 말했다.

"민영아, 시작하자."

강민영은 진작부터 스펠을 외우고 있었다.

신희현이 씨익 웃었다.

'차라리 잘됐어.'

던전 안에서는 레벨이 제한된다. 그러나 이곳은 지상이다.
몬스터 랜드화가 진행되고 있는 지상.

특수 능력을 가진 보스 몬스터만 나타나지 않는다면, 그래
서 보스 몬스터 존이 생성되지 않는다면 본연의 힘을 전부

끌어다 쓸 수 있다.

신희현이 스킬명을 말했다.

어느 소환 영령을 소환할지 팀원들에게 말해주는 거다.

"마틴."

"예, 형님!"

어린이 마틴이 모습을 드러냈다.

"라비트."

라비트가 수염을 쓰다듬었다.

"저놈들을 전부 죽여 버리면 되오?"

"루시아."

루시아 역시 거대 라이플을 꺼내 몬스터들을 향해 조준했다.

"대량 학살을 자행하겠습니다, 오빠."

이번에는 단도를 꺼내 들지 않았다. 그만큼 몬스터의 숫자가 많다는 뜻이다.

신희현이 묻지도 않았는데 설명을 덧붙였다.

"이걸 사용하면…… 손맛은 나쁘지만 대량으로 사살할 수 있습니다, 오빠."

신희현은 헛웃음을 한 번 짓고서.

"원더."

원더까지 소환했다. 교감을 통해 명령을 내렸다.

'광범위 공격으로 놈들을 최대한 쓸어버린다.'

무조건 광범위 공격으로 해야 한다. 그래야 체력 흡수를 통해 이렇게 많은 소환 영령을 한꺼번에 부리는 게 가능해진다.

그리고 이걸 가능하게 해주는 건 바로 교감 커넥션이다.

"교감 커넥션."

각 소환 영령을 잇고 커맨더가 되어 가장 효율적인 움직임을 보일 수 있게 만들어주는 교감 커넥션.

탁민호는 상황을 파악할 수 있었다.

'빛의 성웅은······.'

분명했다.

'우리가 생각한 것보다 레벨이 훨씬 더 높다.'

기자들은 특종을 잡았다고 생각했다.

저 덩치, 저 여자, 저 생쥐 같은 영령.

빛의 성웅이 저기에 있는 게 틀림없었다.

이건 특종이었다. 죽더라도 한 번은 잡아봐야 할 특종.

이 자리에서 생생하게 전할 수 있을 거다. 전투 상황을.

-더, 던전 브레이크가 시작되었습니다!

목숨을 걸고 그들은 영상을 전송했다.

몬스터들이 득실거렸다. 땅이 붉은색으로 오염되고 있었다.

－빛의 성웅이 그 유명한 소환 영령들을 소환했습니다!

－이렇게 규모가 엄청난 던전 브레이크는 처음 목격합니다.

이형진은 주먹을 불끈 쥐었다.

앞으로의 일을 생각하면 까마득하긴 하다. 이 많은 몬스터를 어떻게 처리한단 말인가.

죽을 각오를 했다.

김동재는 짜증을 냈다.

"안 오려고 했는데. 아씨, 나 죽기 싫은데."

김동재의 오랜 친구 오형석은 안다. 김동재는 지금 사명감에 불타오르고 있다. 저렇게 불평을 터뜨리고는 있지만 사명감이 투철한 놈이니까.

강현수가 입술을 핥았다.

"섹시한 밤이 될 것 같아."

그런데 오형석이 뭔가를 발견했다.

"동재야, 아니, 대장님."

"어?"

지금 사명감에 불탈 때가 아닌 것 같은데.

"지금…… 뭐가 일어난 거야?"

뭔지는 모르겠는데.

"몬스터들이…… 거의 삭제되고 있는데……?"

사냥 수준이 아니었다. 삭제에 가까웠다.

기자들도 이 상황을 이해할 수 없는 건 매한가지였다.

-무, 무슨 일이 일어나고 있는 겁니까!

신희현이 소환 영령들을 소환했다.

저렇게 대규모 군집을 이루고 있는 몬스터들이 있을 때에 신희현과 강민영은 빛을 발할 수 있다. 그 둘이야말로 각각 1인 군단이라 할 수 있으니까.

비장한 마음으로 전투를 준비하던 이형진은 어이가 없어서 한쪽을 쳐다봤다.

"으랏차! 82콤보닷!"

몽둥이로 여우 형태의 몬스터를 공격하고 있는 마틴이 보였다.

'저 소환 영령은…… 탱커가 아니었던가?'

그런데 황당한 건 탱커의 일격에 여우 몬스터들이 한 마리씩 죽어가고 있다는 것.

'게다가 82콤보?'

뭐가 어떻게 되고 있는 건지 알 수 없었다.

기자들도 처음에는 이 상황을 이해하지 못했다. 그런데 이제는 안다. 적어도 이제, 위험하지는 않을 것 같은 기분이 들었다.

－구, 국민 여러분! 보, 보십시오!

－엄청난 신위가 펼쳐지고 있습니다.

그들은 입에 침을 튀기며 현재 상황을 방송했다.

그들은 몬스터의 숫자를 정확하게 파악하지는 못했다. 대충 1만쯤 된다고 생각했다.

－1만여 마리의 몬스터가 추풍낙엽처럼 쓸려가고 있습니다!

마틴이 '으랏차! 82콤보닷!' 하고 외치는 것도 고스란히 잡혔다.

황당해하고 있는 이형진과 마찬가지로 김동재 역시 어이없었다.

'뭔 놈의 탱커가…….'

탱커가 아니라 탱커 겸 딜러인 것이 분명했다.

보통 탱커과 딜러를 같이 수행할 수 있는 건 장점이 아니라 단점이다. 두 능력 모두가 어정쩡하기 때문이다.

분명히 그게 정상인데.

'뭐 이런 경우가…….'

라비트가 레이피어를 들고 달렸다.

"나는 120콤보 예약이오!"

투다다닷!

짧은 다리로 열심히 달렸다.

"다중 일격필살!"

그가 지나간 자리에는 푸른색 섬광이 남았다.

일자의 섬광이 사라진 후, 사자 형태의 몬스터 12마리가 순식간에 쓰러졌다.

"좋소! 120콤보요!"

거기에 루시아가 광역기, 로켓포를 발사했다.

쿠과광!

폭발음과 함께 신희현의 귀에 130콤보가 달성되었다는 소리가 들려왔다.

탁민호는 주위를 살펴봤다.

'저 소환 영령들은…… 모두 서로 연결되어 있다.'

확실했다. 그렇지 않고서야 저렇게 효율적인 움직임을 보일 수 없다.

'누군가 지휘를 하고 있는 것이 틀림없어.'

그리고 아마도 지휘를 하고 있는 주체는 빛의 성웅이겠지.

탁민호의 팔에 소름이 돋았다.

'두 가지 중 하나야.'

아까 잠깐 생각했었다. 지나치게 레벨이 높거나.

'그도 아니면 일부러 이 상황을 유도한 거겠지.'

아까는 전자에 더 힘을 실어서 생각했었는데 지금은 생각이 좀 바뀌었다.

그럴 수밖에 없는 것이, 빛의 성웅은 이 상황을 이미 다 예견한 것 같았다.

기자들이 몰려와 있을 거란 예측까지도 했다.

어쩌면 이 모든 상황은 빛의 성웅이 의도한 것일 수도 있다는 생각이 들었다.

'아까까지는 힘을 감추었다.'

그런데.

'지금 와서 이렇게 힘을 드러내는 것은…….'

의도가 있을 것이다.

'그는 영웅 행세에 굉장히 집착하는 모습을 보이고 있어.'

클래스 역시 빛의 성웅. '영웅'이라는 명예욕에 목숨을 거는 사람이라면 이해되지만 그가 파악한 신희현은 그런 스타일은 아니었다.

그렇다는 말은 영웅 행세를 해야만 하는 어떠한 이유가 있기 때문이라는 소리다.

'사람들의 인식이 클래스에 어떠한 영향을 끼치는 것이 틀림없다.'

거기까지 확신했다.

'빛의 성웅은 일반적인 클래스와는 다르다.'

사람들의 머릿속에서 성웅이라 인식되어야만 한다.

다시 한번 소름이 돋았다. 머리카락이 쭈뼛쭈뼛 서는 것 같은 기분이 들었다.

'던전 안에서 사랑했던 남자를 스스로 죽이라고 할 때……한 치의 흔들림도 없었어.'

어쩌면 세상 사람들은 속고 있을지도 모른다.

신희현은 어쩌면 빛의 성웅이 아닐 수도 있다.

악당이라고 할 수는 없지만, 그렇다고 성웅은 아닐 거란 생각이 들었다.

던전 안에서 플레이어들이 죽었을 때에도 그는 죽음에 굉장히 익숙해 보였다.

그가 알기로 신희현 앞에서 죽은 플레이어는 얼마 없었다.

그런데도 저렇게 익숙할 수가 있다?

그렇다는 말은.

'이미 죽음을 많이 경험했던 거겠지. 세상에 알려진 바와

다르게.'

분명 비밀이 있었다. 어쩌면.

'자신의 실체를 알아차린 사람을…… 비밀리에 죽였을지
도 모른다.'

거기까지 생각이 미치자 탁민호는 굳게 다짐했다.

입을 다물어야만 했다. 잘못했다가는 죽을 수도 있겠다는
생각이 들었다.

'무서운 사람이다.'

마틴의 목소리가 들려왔다.

"400콤보!"

거기에 신희현의 목소리까지 들려왔다.

"……탁민호 씨?"

탁민호는 순간 화들짝 놀랐다.

자신이 이런 생각을 하고 있다는 것을 신희현이 읽어버린
게 아닐까.

그런 기분이 들 정도였다.

"……예?"

"마력석을."

신희현을 말을 제대로 잇지 못했다.

교감 커넥션으로 소환 영령들과 이어져 있다. 현재 400콤
보가 넘었다. 극도의 집중력을 필요로 한다. 아무리 신희현

이라도 대화를 하면서 소환 영령들을 컨트롤하기는 어려운 법이다. 그래서 말을 제대로 못 했다.

"찾아."

원래는 '마력석을 찾아주시길 부탁드립니다. 보다시피 저는 제대로 움직일 수 없는 상황이라서요. 빨리 찾아주셔야 피해가 줄어듭니다'라고 말을 하려고 했다.

탁민호가 식은땀을 줄줄 흘렸다.

'말투가 바뀌었다.'

게다가 눈빛도 차갑게 가라앉은 것 같았다. 물론 탁민호의 착각이다. 신희현은 지금 굉장히 집중을 하고 있을 뿐이다.

"빨리."

'빨리 찾아주셔야 피해가 줄어듭니다'라는 말은 '빨리'라는 말로 대변되었고 탁민호는 꼬리에 불이 붙은 강아지처럼 빠르게 뛰기 시작했다.

'제대로 못 해내면 날 죽일 거다.'

뭔가, 다 들킨 것만 같은 그런 기분이랄까.

신희아는 고개를 갸웃했다.

"저 오빠, 왜 저래?"

신강철도 이유를 모르는 건 매한가지였다.

"글쎄, 똥이라도 마려운가?"

시간이 흘렀다. 대부분의 몬스터를 박멸했다.

[1,820콤보를 달성하였습니다.]

[2시간 내 3천 마리의 몬스터를 사냥하였습니다.]

원래대로라면 이건 불가능한 일이다. 다만 빛의 성웅 팀은 이 불가능한 일에 굉장히 익숙했다.

[축하합니다!]

[노블레스 등급 업적으로 인정됩니다.]

플레이어들은 주위를 둘러봤다. 반짝반짝거리는 것들이 굉장히 많았다.

"제게 맡겨주십시오."

갑자기 천사 비슷한 무언가가 나타났다. 엘렌이 영체화를 풀어낸 거다.

보기만 해도 존귀함과 묻어나오는 것만 같은 아름다운 외모를 가지고 있었다.

그런데 뭔가 좀 이상했다. 강현수가 고개를 갸웃했다.

"저렇게 아름다운데……."

아름다운 것과는 별개로.

"왜 저렇게 신나 하지?"

수전노인가.

아이템을 수거하는 동안 왜 저렇게 행복해하는 건지 알 수 없었다.

강현수는 고개를 절레절레 저었다.

"외모만 아름답군. 이래서 나는 여자가 싫어. 역시 사랑은 남자와 해야지."

보다 못한 플레이어 하나가 말했다.

"대장님, 입에 침이 질질 흐르는데요."

기자들은 난리가 났다. 빛의 성웅이 일궈낸 기적이라며 방송했다.

세상에 빛의 성웅의 존재가 다시 한번 부각됐다.

가평에 나타난 약 1만여 마리의 몬스터.

이른바 던전 브레이크.

던전 브레이크는 꽤 커다란 물적, 인적 피해를 입혔다.

아무리 신희현이 활약했다 하더라도 수천 마리의 몬스터를 모두 죽일 수는 없었다.

고구려의 수장 최용민은 보고를 받았다.

"피해가…… 생각보다 훨씬 적네. 그 정도 규모였는데."

"그렇습니다."

빛의 성웅이 활약했다는 건 모두가 알고 있는 사실이다.

"실질적인 피해는…… 빛의 성웅이 놓친 잔챙이들에 의해서 발생했다 해도 과언이 아닙니다."

전부 잡지 못하고 흘리게 된 잔챙이 몇이 민가에 피해를 입혔다. 민간인 사망자가 10명 정도 발생했다.

"규모에 비하면 피해가 없는 거나 다름없네."

최용민은 잠시 생각에 빠졌다.

만약 이런 던전 브레이크가 서울에서 일어난다면, 그땐 상상조차 할 수 없는 큰 피해가 생기게 될 거다. 인구밀도가 가평과는 궤를 달리하니까.

'서울에서 던전 브레이크가 일어난다면…….'

대비책을 마련해야만 했다.

최용민이 말했다.

"현재 빛의 성웅의 근황은?"

"자택으로 돌아가 휴식을 취하고 있다고 합니다."

신희현과 강민영은 소파에 앉았다.

여느 커플이 그러하듯 둘은 서로를 꽉 껴안고서 뽀뽀를 여러 번 했다.

"집에 가족들만 없었어도 여기서 확 덮쳐 버리는 건데."

"……."

강민영의 얼굴이 조금 붉어졌다.

싫다라고 말해, 민영아. 지금은 대낮이잖아.

이렇게 스스로를 다독였지만 결국 싫다라는 말은 못 했다.

강민영이 말했다.

"그런 말 그렇게 함부로 막 하면 못 써."

"함부로 하고 싶은걸?"

만약 신희아가 봤다면 '우웩! 토 나와! 말투 왜 저래!'라면서 돌직구를 던졌겠지만 다행히 이곳에 신희아는 없었다.

그리고 강민영은 신희아가 아니었다. 강민영의 눈으로 본 신희현은 귀여웠다. 그것도 미치도록 귀엽고 사랑스러웠다. 그녀 스스로도 왜 그런지 잘 모를 정도로.

"귀여워!"

"귀엽기는."

그리고 신희현 스스로도 안다. 자신은 별로 귀여운 타입이 아니라는 것을.

다만 마음은 이해할 수 있었다. 그의 눈으로 본 강민영은 사랑스럽다 못해 아가 같았다. 그래서 종종 '애기야'라고도 부른다.

그 마음을 알기 때문에 귀엽다는 것을 부정하지는 않았다.

물론 영체화 상태의 엘렌은 날개가 구부러지다 못해 등짝을 파고들어 갈 정도로 휘어버렸지만.

보다 못한 엘렌은 떨어질 수 있는 한 최대한 멀리 떨어져서 설거지를 했다. 물이라도 틀어놓으면 소리가 좀 덜 들리니까.

강민영이 물었다.

"근데 오빠, 레벤톤은 안 나타난 것 같던데……?"

"맞아."

과거와 완벽하게 똑같이 흘러갈 거라는 생각은 버린 지 오래다.

이미 많이 변했다. 큰 줄기는 비슷한데 작은 줄기들은 조금씩 변하고 있는 모양이다.

원래대로라면 지금 던전은 브레이크가 일어날 시기가 아니다.

인류의 두 번째 황금기.

아주 짧은 기간이기는 하지만 아이템으로 인해 새로운 문명이 빛날 시기니까.

그런데 지금은 그 시기가 사라졌다.

"보통 이런 경우는……."

예상했던 몬스터가 나타나지 않는다? 언젠가는 나타날 확률이 높다.

"인구밀도가 높은 곳에 나타나는 경우가 많아."

예전에도 있었다.

실컷 사냥하고 있던 몬스터가 갑자기 사라지면 인구밀도가 높은 곳에 나타나곤 했었다.

자주 있는 일은 아니지만 분명 존재하는 일이었다.

"인구밀도가 높은 곳?"

대표적으로 서울이 있다.

"뭐, 법칙은 아니야. 그냥 그럴 확률이 높다는 거지."

레벤톤의 뿔은 반드시 필요하다. 최후의 던전까지 이르는 길 중 반드시 클리어해야만 하는 '아탄티아 던전'을 클리어하기 위해서.

아탄티아 던전의 클리어를 위해서는 8가지 아이템이 필요하다.

퓨리어스, 스카일, 아르포스 펜던트, 제왕의 발톱, 칼리아의 반지, 상급 워터볼, 레벤톤의 뿔, 토닉스.

신희현이 말했다.

"차라리 잘된 것 같아."

"왜?"

"사실 레벤톤은 나중에 잡으려고 했거든. 그래서 준비를 별로 못 했어."

준비되지 않았다 하더라도 놈을 잡을 수는 있었을 거다.

하지만 준비를 갖추고 나면 훨씬 더 수월하게 잡을 수 있을 거다.

"단순히 때려잡는 것보다 훨씬 더 효율적인 방법이 있거든."

"오빠는 정말……."

강민영은 배시시 웃었다.

우리 오빠는 세상에 모르는 것이 없어요. 그리고 세상에서 제일 귀엽답니다.

그렇게 말하고 싶었다. 입술이 간질간질한 것 같은 기분이 들었다.

"그래서 어떻게 해야 하는데?"

신희현이 씨익 웃었다.

"시작의 방으로 가자."

"……응?"

"듀얼 플레이 할 거야."

신희현이 음흉하게 계속 웃었다.

"그리고 우리 둘만 있을 수 있지, 거기는."

헬퍼가 있기는 하지만 헬퍼쯤이야 가볍게 무시하기로 했다. 강민영의 얼굴이 새빨갛게 달아올랐다.

"모, 몰라!"

싫다고는 안 했다. 하여튼 둘은 오랜만에 시작의 방에 입성했다.

레벤톤을 잡을 준비를 하기 위해서.

신희현이 말했다.

"그 전에 잠깐 준비할 것들이 조금 있는데."

시작의 방에서 본격적인 듀얼 플레이를 하기 전에 잠시 공략의 방에 들렀다. 오랜만에 들리는 거다.

현재 수금 현황을 살피고 경험치 획득량을 확인할 수 있었다.

신희현이 처음에 설정했던 가이드, 아놀드가 신희현을 반갑게 맞았다.

"형님! 오랜만에 뵙습니다!"

공략의 방은 현재 굉장히 많이 발전한 상태. 들어가면 이제 시작의 마을과는 비교도 되지 않을 만큼 활성화가 되어 있었고 플레이어로 바글거렸다.

건물들도 제법 높이 올라갔다.

"이게 다 형님 겁니다."

물론 토지의 주인은 따로 있다. 공략의 방은 개척+1 효과를 사용하여 신희현이 만들어낸 공간이니까.

플레이어들이 함께 교류할 수 있는 공간.

이곳은 곧 플레이어들의 장터로도 쓰였다.

신희현은 강민영의 손을 잡았다.

"우리가 찾을 건 중급 또는 하급 간소화 주머니야."

상급 간소화 주머니는 수량도 얼마 없고 비싸다.

하지만 중급이나 하급은 그렇지는 않다. 특히 하급은 상당히 쉽게 찾아볼 수 있었다.

중급 간소화 주머니 7개, 하급 간소화 주머니 21개를 준비했다.

아놀드가 인사했다.

"형님! 또 찾아주십시오!"

또 다른 가이드, 헬퍼가 침을 꿀꺽 삼켰다.

'저, 저놈이 여기 또 왜!'

맨 처음 시작할 때부터 괴물이었던 저놈이 다시 나타났다.

잊을 만하면 다시 나타나고, 잊을 만하면 또 나타나는 게 저놈의 습성인 것 같았다.

'젠장!'

모든 악의 원흉. 저 플레이어만 없었다면 모든 플레이어가 자신을 두려워하고 또 두려워했을 거라 생각했다.

'너 때문에 내 현실이 시궁창이다!'

라고 생각은 하지만.

"헤헤, 오셨습니까?"

손바닥을 비비며 아부했다.

과거에는 모습조차 드러내지 않았다. 이제는 그랬다가는 욕을 얻어먹을 것 같다.

아, 이 위대한 헬퍼가 이 무슨 창피한 꼴이란 말인가.

헬퍼는 그저께도 했고 어제도 했고, 또 오늘도 같은 탄식을 내뱉었다.

"카란 숲, 개방할 수 있나?"

"그, 그, 그건 또 어떻게……!"

헬퍼는 처음에 신희현을 봤을 때, '관리자'가 아니냐고 물었었다.

"묻는 말에 대답이나 해. 개방할 수 있어, 없어?"

만약 개방할 수 없다고 말한다면 나는 네놈의 다리를 분질러 버리겠어.

헬퍼의 귀에는 그렇게 들렸다.

실상 신희현이 그렇게 말한 적은 단 한 번도 없지만, 헬퍼는 혼자서 그렇게 왜곡해서 들었다.

식은땀을 뻘뻘 흘렸다.

"하, 할 수 있습니다. 다만 조건이 있습니다."

신희현은 고개를 갸웃했다.

카란 숲을 오픈하는 데 조건이 있었나?

있었던 것 같기도 하고, 아닌 것 같기도 하고.

잘 기억이 안 났다.

신희현이 물었다.

"조건? 그게 뭔데?"

헬퍼는 회심의 미소를 지었다.

그럼 그렇지. 아무리 당신이라고 해도 모든 것을 다 알고 있는 건 아니다! 지금 이 순간만큼은 이 몸이 더 갑이라는 소리지!

헬퍼는 그 외침을 속으로만 했다.

헬퍼가 뜸을 들였다. 목소리를 조금 낮췄다.

"무려…….."

무려 7천만 코인이 필요하다. 헬퍼의 기준에서 7천만 코인은 본 적도 없고 볼 수도 없는 미지의 숫자다.

원래 아는 만큼 보이는 법이다.

헬퍼는 초보들 중에서도 초보가 플레이하는 '시작의 방' 가이드이고, 시작의 방 가이드에게 있어서 7천만 코인은 구경조차 할 수 없는 어마어마한 코인이기도 했다.

신희현이 인상을 찡그렸다.

'아, 맞네. 그걸 잊고 있었네.'

별로 중요한 게 아니라서 잊고 있었다. 강민영이 신희현의 팔을 살짝 붙잡았다.

"오빠, 우리 코인 갖고 있는 거 얼마 없지 않아?"

둘은 코인을 많이 갖고 다니지 않는다. 많이 갖고 다녀봐야 인벤토리에 무게와 공간만 차지할 뿐이다.

그래서 공략의 방에 있는 창고에 따로 보관해 놓는다. 그것도 실시간으로 불어나고 있는 중이기는 하지만.

"어쩔 수 없지 뭐."

헬퍼는 의기양양해졌다.

그래, 내가 바로 이 순간을 기다렸다. 바로 거절하겠어.

"그럼 카란 숲 오픈은 불가능합니다."

신희현은 그 말을 무시했다. 대신에 라비트를 소환했다.

헬퍼의 눈에 칼을 든 생쥐 같은 무언가가 소환되는 게 보였다. 레벨을 파악할 수 없는 것으로 보아 레벨이 상당히 높은 소환수인 것이 틀림없었다.

"아, 아무리 칼로 위협한다고 해도 저는 룰을 어길 수는 없습……."

신희현이 말했다.

"라비트."

"오, 주인. 말하시오. 이 나를 필요로 하는 아주 중대한 일이 생긴 것이 틀림없군."

"미안한데, 나 7천만 코인만 좀 빌려줘."

"7천만 코인 말이오?"

헬퍼가 눈을 부릅떴다.

저, 저 플레이어. 예전부터 알아봤지만 미친 플레이어가 틀림없었다. 7천만 코인을 빌려 달라니?

'저, 저런 악당이 또 있느냐 말이다!'

심지어 저 생쥐(?)는 소환수 아닌가.

소환수치고 말을 하는 것이 신기하기는 했지만 어떻게 주인이 소환수에게 삥을 뜯는단 말인가. 저래도 되는 것이란 말인가. 저런 악덕 주인을 만나다니. 저 소환수도 불쌍하기 그지없었다.

신희현이 말했다.

"인의와 신뢰를 바탕으로 7천만 코인 정도는 빌려줄 수 있지?"

"이, 이, 인의와 시, 신뢰 말이오?"

라비트의 수염이 파르르 떨렸다. 그에게도 7천만 코인은 큰돈이다.

그의 한 달 용돈이 300만 코인이니까.

그의 집안이 부자인 거지 그는 부자가 아니다. 아직 용돈 받는 신세다.

신희현이 말했다.

"그래, 너와 나 사이에 있는 끈끈한 인의와 신뢰."

라비트가 호기롭게 외쳤다.

"좋소. 지금 당장 빌려드리겠소!"

헬퍼는 외치고 싶었다.

아냐, 속지 마. 저 플레이어는 사기꾼이라고! 사기꾼!

헬퍼는 신희현의 진가를 정확하게는 모른다. 괴물 같은 플레이어라는 것만 안다.

그리고 7천만 코인이 꿈의 숫자라는 것만 안다.

7천만 코인은, 신희현이 아무것도 안 해도 한 달이면 쌓이는 코인이다. (라비트 가문과의 거래를 제외하고.)

헬퍼와 신희현의 돈의 개념이 너무 달랐고 헬퍼의 눈으로 본 라비트는 속고 있는 순진한 생쥐 같기만 했다.

하지만 그에게는 힘이 없었다. 저 가련한(?) 생쥐를 그저 두고 보는 수밖에.

신희현은 시작의 마을에 들어섰다.

라비트가 주위를 두리번거렸다. 코를 킁킁거렸다.

"이곳이 어디오?"

"시작의 마을."

라비트는 초보 존에 온 것이 자못 흥미진진한 듯 계속해서 주위를 두리번거리며 걸었다.

라비트가 하도 흥미진진해하길래 역소환하지 않고 그대로 뒀다.

신희현은 마을 정중앙으로 걸어갔다. 촌장을 찾았다.

"친애하고 존경하는 촌장님."

"오, 자네는……."

이대로 두면 말을 엄청나게 많이 시킬 것이 틀림없다.

저번에는 손녀였다. 이번에는 손자다.

"손자께서 행방불명되셨다는 소문을 듣고 찾아왔습니다."

"그, 그대가 또 도와주겠는가!"

어차피 사실의 유무와는 상관없다.

라비트가 고개를 갸웃했다.

"주인, 그런 소……."

까지 말했는데 교감을 통해 신희현의 목소리가 들려왔다.

'라비트, 쉿.'

그래서 라비트는 입을 다물었다.

인의와 정직과 신뢰.

라비트에게 그건 굉장히 중요한 건데, 뭔가 속고 있는 기분이 들었다.

라비트가 물었다.

'인의와 신뢰에 밑바탕을 둔 퀘스트가 맞소?'

'거룩한 생명이 걸린 일이야. 라비트, 순서를 따지기 전에 귀한 목숨을 생각해 주면 좋겠어. 이 순간에도 소년은 구출을 기다리고 있을 거라고.'

라비트의 털이 바짝 섰다.

그렇군. 그런 것이군. 그래서 주인이 저렇게 거짓말을 하고 있는 것이군.

'역시 나의 주인이오.'

짧은 식견으로 주인을 잠시 그릇되게 판단할 뻔했소.

그는 그렇게 말한 뒤 혼자서 고개를 끄덕였다.

'그렇지. 우리 주인이 사기 같은 걸 칠 리가 없지.'

하여튼 알림이 들려왔다.

[퀘스트: '촌장의 손자를 구하라!'가 발동되었습니다.]

시작의 방에 숨겨져 있는 또 다른 공간, 카란 숲.

원래 이곳은 지략가 탁민호가 가장 먼저 발견하는 곳이었다.

마을 동문을 벗어나 일직선으로 3㎞ 정도 걸어가면 늪지대인 '늪지대'―실제로 지역 이름이 늪지대다―가 나타나는데 여기서 다시 동쪽으로 3㎞를 더 가면 동굴이 나타나게 된다.

그 동굴 안쪽을 잘 살피면 워프 포탈을 활성화시킬 수 있는데, 이 워프 포탈을 통해 카란 숲으로 이동할 수 있다.

물론 여기에는 헬퍼의 승인이 있어야 했다.

원래대로면 이곳을 발견한 다음 헬퍼에게 승인 요청을 하고 헬퍼가 승인을 했을 때에 비로소 열리는 것이 원칙이다.

하지만 신희현은 반대로 했다.

엘렌은 저도 모르게 인상을 찡그리고 말았다.

'일단 승인부터 얻어놓고 그다음 발견이라니.'

뭐랄까, 좋기는 좋은데.

뭔가 왜, 도대체 왜, 사기꾼 같은 느낌이 드는 거지. 내 플레이어는 정말 좋은 플레이를 하고 있는데, 어째서지.

엘렌은 아주 조금 혼란스러웠다가 이내 정체성을 확립했다.

'좋은 아이템이 나오면 좋겠다.'

열심히 수거해야지.

날개 네 장이 펄럭거렸다.

신희현이 워프 포탈을 발견했다.

그래 봤자 시작의 방 난이도다. 찾는 것 자체는 그리 어렵지 않다.

이곳이 발견되지 않았던 건, 이곳을 발견할 수 있는 수준의 플레이어들이 굳이 시작의 방을 다시 찾지 않기 때문이다.

그런 의미에서 보자면 이곳을 가장 먼저 발견한 탁민호도

괴짜라고 할 수 있겠다.

'7천만 코인이 최초 발견 요건이라니.'

'탁민호는 왜 여길 굳이 들어왔던 거지?'라는 생각이 들었다.

카란을 얻기 위해서? 그럴 리는 없다.

과거 카란의 쓰임새는 알려져 있지 않았었다.

'탁민호에게 돈이 썩어났었던가?'

그런 것도 아니었다.

탁민호가 왜 이곳, 카란 숲을 개방시켰을까. 7천만 코인을 들여가면서 말이다. 이해할 수 없었다.

'시작의 방이라.'

감회가 새로웠다.

이곳에서 히든 던전인 고대 유적을 발견함으로써 노블레스 등급 클리어를 이룩하고 여기까지 오지 않았던가.

"오빠, 무슨 생각을 그렇게 해?"

"아냐, 아무것도."

신희현이 말했다.

"라비트, 윈더. 소년을 찾아."

일단 퀘스트는 퀘스트다.

"교감 커넥션."

교감 커넥션을 사용해서 라비트와 윈더를 이었다.

라비트는 땅을, 윈더는 하늘을 샅샅이 뒤졌다. 그리고 신
희현은.

"초감각."

초감각을 사용해서 이곳 일대를 샅샅이 뒤졌다.

가장 먼저 소년을 발견한 것은 라비트였다. 소년을 데리고
시작의 마을로 돌아갔다.

라비트와 윈더는 역소환한 상태.

소년은 울면서 촌장에게 매달렸다.

"할아버지!"

신희현에게는 그다지 감동적이지 않은 장면이다.

그에게 있어서 이들은 NPC고, 이들이 감격적인 재회를
하든 말든 사실 크게 중요하지 않다.

그에게 중요한 건 브리드다.

촌장이 눈시울을 붉혔다.

"정말 고맙네."

알림이 들려왔다.

[축하합니다!]

[퀘스트: '촌장의 손자를 구하라!'가 클리어되었습니다.]

신희현은 아니라며 겸양을 떨면서 다리를 저는 척했다.

"다, 다쳤는가!"

"아닙니다. 귀중한 생명을 구하는 데 이 정도 부상이 뭐가 대수겠습니까?"

촌장은 감동했다.

엘렌의 날개 끝이 구부러졌다.

빛의 성웅, 단언컨대 그는 다친 적이 없었다.

지금 엄청 고생했다고 생색내고 있는 거다. 명색이 빛의 성웅인데 말이다.

'신희현 플레이어……!'

어떻게 눈빛 하나 변하지 않고 저렇게 연기를 할 수 있는 건지.

촌장은 감명을 깊게 받은 듯, 뭔가를 건넸다.

[퀘스트 클리어 보상으로 '브리드'가 주어집니다.]

신희현이 회심의 미소를 지었다.

'됐다.'

브리드였다. 시작의 마을을 다시 벗어났다.

언제 그랬냐는 듯, 신희현이 다시 똑바로 걷기 시작했다. 보다 못한 엘렌이 물었다.

"신희현 플레이어."

"어?"

"언제 다쳤었습니까?"

신희현이 씨익 웃었다.

"다쳤지."

"언제 말입니까?"

"우리 민영이가 뽀뽀를 안 해줘서. 그래서 아팠어."

엘렌의 날개가 등을 파고들 기세로 심하게 구부러졌다.

엘렌의 표정에는 전혀 변화가 없었지만 그녀는 말하고 싶었다.

한 대 쳐도 됩니까?

그 말은 겨우 참았다. 이유는 모르겠는데 뭔가 패배한 기분이 들었다.

다시 카란에 도착했다. 신희현이 브리드를 꺼내 들었다.

브리드는 나뭇잎 형태의 아이템이다. 촌장은 가죽 주머니에 이 브리드를 가득 담아서 건네줬다. 신희현이 생색을 열심히(?) 내서 이만큼 많이 챙겨준 거다.

촌장은 인정에 약하고, 생색을 내면 낼수록 많은 아이템을 챙겨주는 것으로 유명한 NPC다.

신희현이 말했다.

"이제부터 브리드를 사용할 거야."

레벤톤의 뿔을 얻기 위해서 해야만 하는 작업이다.

레벤톤을 잡기 위해서는 '카란의 잎'이 필요하다. 그리고 '키란의 잎'을 얻기 위해서는 이 '브리드'가 필요하다.

강민영이 물었다.

"근데…… 브리드? 이게 뭐 하는 거야?"

7장
브리드? 이게 뭐 하는 거야?

신희현이 설명했다.

"브리드는⋯⋯."

브리드는 잎 형태의 아이템이다. 플레이어가 씹을 수 있도록 되어 있다.

이것은 카란 잎의 특별한 독성에 저항할 수 있도록 해주는 해독제 역할을 한다.

강민영이 고개를 갸웃했다.

"해독제? 카란이라는 것에 독이 있어?"

"응."

카란은 나무의 이름이다.

크기가 70미터에 이를 정도로 높게 자라는 거대한 나무.

신희현이 필요로 하는 '카란 잎'은 높이 50미터 이상에서만 자라는 붉은 나뭇잎이다.

그걸 따기 위해서 카란 숲에 들어온 거다.

그런데 그 카란 잎은 강력한 독을 품고 있다. 직접적으로 몸을 상하게 하는 독은 아니다.

"잠에 빠져들게 만들거든."

붉은 카란 잎은 강력한 수면제의 효과를 발휘한다.

강민영이 활짝 웃었다.

"그러면 레벤톤을 이걸로 잠재우려고 하는 거야? 잠재워서 공격하려고?"

"아니."

신희현이 어깨를 으쓱했다.

단순히 그걸 위해서라면 굳이 시작의 방에 들어와 퀘스트를 깨면서까지 여기 오지 않았다.

7천만 코인까지 지불하지 않았던가.

언제나 가성비라는 건 굉장히 중요한 거다.

엘렌이 모습을 드러냈다.

"언제쯤 시작합니까?"

엘렌은 의욕적으로 변했다. 네 장의 날개가 활짝 펼쳐졌다. 마치 자신의 존재 이유를 증명이라도 하겠다는 듯 결연한 태도로 상급 간소화 주머니를 한 손에 쥐고 커다란 가방을 앞으로 멘 상태. 전투에 임하는 장군처럼 진지하기 그지 없었다.

엘렌의 심리 상태를 어렵시 않게 눈치챈 신희현이 피식 웃고서 말을 이었다.

"빠르게 설명할게."

정령왕 칸드는 문득 궁금해졌다.

"원더야."

"네."

"요즘 어때?"

"무엇을 말입니까?"

'그 이상한 놈 말이야'라고 말하려고 하다가 입을 다물었다. 그렇게 말하면 그 이상한 놈을 원더에게 떠넘긴 걸 들키지 않겠는가.

이 원더는 착한 편이지만 그래도 정령생에 말을 조심해서 나쁠 건 없었다.

"라이나 님의 계약자 말이야. 위대한 임무를 좀 공유하고 있어?"

"……"

윈더는 대답하지 못했다.

위대한 임무라. 그런 건 안 하고 있는 것 같다.

최근 가장 기억에 남는 건, 절벽에서 떨어질 때 그거 다시 훅훅 불어주는 것 정도.

뭔가 속고 있는 기분이 든다.

"아직은…… 위대한 임무를 공유하지 못하고 있습니다."

"그래? 이상하네."

정령왕 칸드는 안도했다.

'쟤가 아니었으면 내가 했을 거야.'

물론 신희현은 정령왕을 마음대로 소환하지는 않는다. 체력적으로 너무나 부담이 되기 때문이다.

하여튼 칸드는 안도했다.

"앞으로도 열심히 해봐. 그래도 라이나 님의 계약자인데, 뭐라도 있겠지."

"저도 그것을 기대하고 있습니다. 저는 정령사에 길이 남을 역사적인 임무를 해내고 말 것입니다."

"그래그래. 파이팅."

마침 소환 의식이 이루어졌다.

윈더는 눈을 감았다.

오늘이야말로 반드시 위대한 업적을 일궈내고 말겠다.

그렇게 생각했다.

한편, 라비트는 열과 성을 다해 아버지에게 말했다.

"인의와 신뢰로 이루어진 프로세스를 구축하고 있습니다. 정신적 교감으로 이루어진 상태구요."

"장하다. 역시 내 아들이다. 인의와 신뢰, 그리고 정직은 우리 가문이 절대로 포기할 수 없는 절대 가치지."

"그렇습니다. 제가 비록 아버님과는 가는 길이 조금 다르지만, 가문의 위신을 떨어뜨리는 행위는 절대로 하지 않을 것입니다."

양평 치즈는 전 세계적인 열풍을 불러일으켰다.

대체재 자체가 없는 어마어마한 아이템.

라비트는 그것을 공수해 오는 아주 중요한 역할을 하고 있다.

그는 라비트가 자랑스러웠다.

그가 말했다.

"인의와 신뢰를 바탕으로 위대한 일을 해내거라."

"물론입니다."

소환 의식이 이루어졌다. 라비트의 발밑에 소환진이 그려졌다. 그가 엄숙히 고개를 숙였다.

"소자, 다녀오겠습니다."

윈더가 되물었다.

"그 말인즉……. 나뭇잎 수거를 하라는 소리입니까?"

그것도 바람을 열심히 불어서.

교감이 아닌 육성으로 물었다. 이런 경우는 흔치 않다. 신희현 앞에서 윈더는 말이 그렇게 많은 편은 아니었으니까.

'위대한 업무의 일환…… 인가…….'

아닌 것 같은데. 이거 좀 이상한데. 뭔가 속는 기분인데.

신희현이 말했다.

"정령도 이거 깨물 수 있어?"

"가능합니다. 정령 역시 물리력을 발휘할 수 있으니까요."

"잘됐네."

신희현은 라비트와 윈더에게 '브리드'를 건넸다.

"이거 없으면 잠드니까 조심해."

라비트는 브리드를 멀뚱멀뚱 쳐다봤다.

"나는 긍지 높은 검객이오. 나뭇잎을 수거하라니……?"

그런데 엘렌이 날개를 활짝 펼치고 앞장서다가 뒤를 돌아봤다.

"라비트 대공, 뭘 하고 계십니까?"

"……응? 엘렌, 나를 부른 것이오?"

"어째서 가만히 있습니까?"

"……."

라비트의 털이 쭈뼛 섰다.

뭔가, 이거 이상한데.

"혹시 저보다 수거 속도가 느릴 것 같아 주저하고 계신 겁니까?"

"에, 엘렌. 지금 이상하게 열과 성을 다하고 있는 것 같은 기분인데 말이오. 뭔가 이상하오."

하지만 라비트는 승부욕을 불태웠다.

"내게는 날개가 없지만 그보다 빠르고 튼튼한 네 개의 다리가 있소!"

신희현은 피식 웃었다.

엘렌의 연기는 어색했다.

일부러 저렇게 말하라고 해놨는데, 연기를 어쩜 저렇게 못할 수가 있단 말인가.

엘렌이 듣는다면 '신희현 플레이어의 근엄한 척이 제일 이상합니다'라고 반박했겠지만 말이다.

그런데 열정을 토해내고 있는 또 다른 사람이 한 명 있었다.

"이 떡갈나무의 원수!"

강민영의 파트너인 험머다.

여태껏 모습을 보인 적이 없었다.

강민영이 화들짝 놀랐다.

"험머?"

"성장을 위한 고치를 깨고 나왔답니다!"

강민영이 험머를 와락 끌어안았다.

고치에서 나왔다는 험머는 제법 커졌다. 여전히 작기는 하지만 그래도 키가 150㎝ 정도는 되어 보였다. 얼굴만 보면 인간 미소년에 가까웠다.

"오랜만이야."

"저도 누나를 보는 건 오랜만이지만 이 카란 놈들을 전부 베어버리고 말겠어요!"

하여튼 빛의 성웅 팀(?)의 카란 잎 수거가 시작됐다.

간소화 주머니를 여러 개 준비했었다. 그곳에 카란 잎을 가득 채웠다.

"엘렌, 내가 더 빠르지 않았소?"

그건 당연한 얘기다.

엘렌이 아무리 천족이고 날개가 있다 하더라도 라비트만큼 재빠르게 움직일 수는 없는 노릇이었으니까.

애초에 그녀는 파트너지 실제로 플레이를 하는 주체는 아니다.

험머는 카란-카란은 나무의 이름이다-의 기둥을 세게 찼다.

"이 떡갈나무의 원수!"

퍽! 도 아닌, 굉장히 미약한 소리가 났지만 험머는 아프다며 발을 잡고 동동 뛰었다.

신희현이 말했다.

"그렇게 소란을 피우면 몬스터가 나타날걸?"

그러자 험머는 강민영의 뒤에 몸을 숨겼다. 아무래도 몬스터는 무서운 모양이다.

신희현은 붉은 카란 잎 수십 장을 꺼내 주위에 뿌렸다.

해가 지길 기다렸다.

시간이 흘러 해가 지고 주위가 어두워졌다.

신희현이 기다리고 있는 건 '블랙 엔트'다.

한 마리의 크기가 약 1미터에 이르는 거대한 개미 형태의 곤충형 몬스터다.

놈들은 붉은 카란 잎을 굉장히 좋아한다.

"턱 힘이 굉장히 센 놈이기는 한데."

그래 봤자 어차피 시작의 방에서 나오는 놈들이다.

게다가 곤충형 몬스터들은 강민영의 화염계 공격에 굉장히 약하기 때문에 블랙 엔트도 아주 쉽게 잡았다.

군집을 이루고 있는 놈들이라 순식간에 30여 마리를 잡았다. 그중 몇 마리가 '블랙 엔트의 똥구멍'이라는 해괴한 아이템을 드랍했다.

신희현은 그걸 주워 들었다. 대충 준비는 끝났다.

"슬슬 나가볼까?"

신희현은 이미 고구려에 요청을 넣어뒀다.

레벤톤에 대한 설명을 해줬다.

크기가 거의 15미터에 이르는 거대한 이족 보행 몬스터.

언뜻 보면 코뿔소의 형태를 하고 있지만 사람들의 눈에는 공룡처럼 보일 그 몬스터.

원래대로라면 가평에서 처음 모습을 드러냈었어야 할 레벤톤에 대한 정보를 미리 전해 줬었다.

김상목이 말했다.

"빛의 성웅이 이렇게 눈에 불을 켜고 찾겠다는 놈이면……
엄청 좋은 거 드랍하지 않을까?"

최용민은 고개를 저었다.

"……모르겠어."

빛의 성웅에 대한 정의를 아직도 내리지 못했다.

세상이 말하는 것처럼 선하기만 한 성웅이 아닌 것은 알고 있다. 하지만 그가 노리는 게 무엇인지는 알 수 없었다.

그를 완전히 믿을 수도 없고, 그렇다고 믿지 않을 수도 없는 게 현주소다.

"혹시라도 놈이 나타나면 우리가 먼저 잡아볼까? 레이드 형식으로."

"놈의 레벨이 얼마나 될지 모르잖아."

흔치는 않지만 플레이어들의 레벨을 훨씬 상회하는 몬스터들도 나타났었다.

그럴 때마다 빛의 성웅이 나서서 놈들을 잡았었다.

"얼마나 높겠어? 게다가 룰 브레이킹도 있으니까…….숫자와 전력만 제대로 갖춰진다면 잡을 만할 거야. 긴급 상황이라 어쩔 수 없었다고 먼저 잡았다고 하면 되는 거 아니겠어?"

"……."

최용민은 고민에 빠졌다.

확실히 과거와는 달라졌다. 플레이어들의 수준이 몰라보게 높아졌을 뿐더러 플레이어들은 이제 '죽을 수도 있다'라는 것을 전제로 움직이기 시작했다. 몸을 사릴 때와는 완전히 다른 전력이 되었다는 소리다.

그리고 그러한 위험을 감수하고 보상을 일궈냈을 때의 보상은 굉장히 컸다. 아이템이 됐든 경험치가 됐든.

운이 좋아 좋은 아이템을 한번 먹으면, 평생 떵떵거리면서 살 수도 있다. 하나의 로또가 된 셈이다.

"혹시라도 놈을 더 자극해서 날뛰게 만들면…… 답 없을 수도 있어. 빛의 성웅의 얘기를 들어보면 굉장히 강한 놈일 것이 분명하니까. 너도 조심하는 게 좋아."

최용민은 신중을 기하려고 했다.

김상목이 인상을 찡그렸다.

"야, 너 되게 약해진 거 알아? 왜 그렇게 쩔쩔매는 거야? 옛날엔 이러지 않았잖아."

짜증 났다.

"소고기나 먹어야지."

신경질적으로 문을 향해 걸어갔다.

"내 마음대로 할 거다. 말리지 마."

김상목이 문을 닫았다.

최용민은 그 문을 잠자코 바라보다가 아주 작게 입을 열었다.

"내가 널 왜 말리겠어?"

피식 웃었다. 생각대로 됐다. 그가 나서서 레벤톤을 잡을 수는 없는 노릇. 그는 빛의 성웅의 부탁을 거절할 수 없다.

하지만 김상목이라면?

그가 화가 나서 마음대로 날뛴 거라면?

그건 어쩔 수 없는 거다.

'레벤톤이라.'

얼마나 대단한 몬스터인지는 모르겠다.

중요한 건 그 대단하다는 '빛의 성웅'이 반드시 알려 달라고 한 몬스터다.

그 정도 크기를 가진 몬스터라면 등장함과 동시에 정보망에 걸릴 거다.

며칠 뒤, 보고가 올라왔다.

"레벤톤이라 짐작되는 몬스터가 나타났습니다."

"위치는?"

동시에 뉴스 속보도 터져 나왔다.

-서울 광화문 일대. 혼란의 도가니!

-엄청나게 거대한 몬스터 출현!

고구려에서도 바로 대응했다.

-몬스터의 이름은 레벤톤.

플레이어들을 급파했다. 최용민이 씨익 웃었다. 이건 생각보다 더 좋다. 서울 대로에서 나타났다.

'이건 어쩔 수 없는 거지.'

그가 알기로 신희현은 지금 이곳에 없다. 아마도 방이나 던전을 클리어하고 있을 거라 짐작된다.

전화도 받지 않았다. 그러니까 이건 어쩔 수 없는 거다.

최용민이 말했다.

마음에도 없는 말을 했다.

"우리는…… 최대한 조심해야 돼. 빛의 성웅이 올 때까지. 너도 몸 좀 사려."

"야!"

너는 지금 이 상황에도 그런 소리가 나오냐? 놈을 잡으면 뭐가 보상으로 떨어질지 모른다고? 게다가 서울 한복판이야. 지금 몸을 사릴 판이냐?

김상목은 따지고 싶었다. 친구인 저놈이 너무 소심해진 것 같다.

하지만 지금은 따지지 않기로 했다. 일분일초가 아까운 상황이니까.

퉁명스레 말했다.

"현장 지휘는 내가 알아서 해."

오기도 생겼다. 레벤톤이라는 놈, 어떤 놈인지는 모르겠지만 잡아주기로 했다.

김상목이 팀을 꾸려서 광화문으로 출발했다.

8장
레벤톤 사냥

카란 숲에서 빠져나가기 직전.

강민영이 물었다.

"오빠, 그런데 카란 숲에는 다른 클리어 퀘스트나 보상 같은 게 없어?"

"있지."

있기는 있다. 그 보상이 무엇인지는 정확하게 기억은 안 난다. 다시 말하자면 정확하게 기억할 필요가 없는 수준의 보상이라는 거다.

그런 보상은 후배(?)들을 위해 남겨주기로 했다.

"있는데, 별로 쓸모없을 거야."

"그렇구나."

"너무 독식해도 모양새가 안 좋잖아?"

엘렌은 말하고 싶었다.

'여태까지 신희현 플레이어께서 해왔던 것이 독식입니다만.'

그래도 신희현이 자신의 파트너라서 다행이라는 생각을 했다. 아니었다면 엄청 욕했을지도 모를 일이다.

하여튼 카란 숲에서 빠져나왔다.

시작의 방 헬퍼가 허리를 90도로 숙이며 인사했다.

"안녕히 가십시오!"

강유석이 말했다.

"형은 뭔가 따로 생각하는 게 있는 것 같아요."

"그래?"

"레벤톤이 나타나면…… 어떻게 하실 생각이에요?"

"잡아야지."

"고구려에 일부러 요청을 넣어놨죠?"

신희현은 고개를 끄덕였다.

맞다. 일부러 요청해 둔 거다.

"레벤톤은 크기가 15미터가 넘는다고 했어요. 그렇다는 말

은, 굳이 요청을 하거나 따로 탐색하지 않더라도 나타나기만
하면 금방 발견된다는 소리죠."

"맞아."

"일부러 고구려에 말하신 것 같아요."

신희현은 피식 웃었다.

그 말이 맞았다. 누가 될지는 모르겠지만.

'아마도 김상목일 것 같기는 한데.'

누가 됐든 먼저 움직일 확률이 크다.

자신이 그 몬스터를 찾고 있다는 말을 흘려놓으면, 그 몬
스터는 굉장히 좋은 보상을 주는 몬스터라고 생각하게 될 테
니까.

강유석이 또 물었다.

"그래서 얻게 되는 게 뭐예요?"

"최용민과 김상목은…… 나에 비해 굉장히 약해. 적어도
플레이어로서의 힘은 그래."

그런데 그들은 이미 신희현에게는 없는 사회적, 인적 네트
워크 기반을 가지고 있다. 그 힘을 무시할 수 없다.

"내가 필요한 아이템을 나보다 더 수월하게 얻을 가능성이
높거든."

"고구려와 거래를 하시려구요?"

"응, 뭐. 대충."

강유석도 고개를 끄덕였다. 정확하게 무슨 말인지는 모르겠지만 하나는 알았다.

고구려와 뭔가 거래를 하려고 일부러 이런 포석을 깔아놓은 것 같았다.

신희현이 말했다.

"그 말 하려고 나를 부른 건 아닌 것 같은데."

강유석의 몸이 움찔했다.

역시, 저 형은 눈치가 귀신이다. 속마음을 읽고 있는 건 아닐까. 그런 기분이 들 정도였다.

"형, 그런데⋯⋯."

"응."

"수호신 말인데요."

"아⋯⋯."

기억난다. 강유석에게도 수호신이 생겼다고.

"플레이에 반드시 필요한 건 아니죠?"

"그렇지. 내 경우에는 큰 도움을 받고 있기는 하지만⋯⋯. 플레이에 있어서 수호신은 필수라고 할 수는 없어. 왜?"

"아, 아니에요. 그 정도면 됐어요. 나중에 자세히 말씀드릴게요."

"⋯⋯그래."

신희현은 강유석을 쳐다봤다.

과거 폭군이었던 강유석. 지금은 정령사로 착실히 성장 중이며, 성격 역시 모나지 않고 착했다.

어떻게 이런 아이가 폭군이 되어 그토록 미친 짓을 자행했을까. 자신이 모르는 뭔가가 있지는 않을까.

'강유석은 왜 마지막 순간에 나한테 HAN을 넘긴 거지?'

그것 역시 미스터리다.

언젠가 알게 되는 날이 오겠지.

그렇게 생각하며 잡생각을 떨쳐 냈다.

'내 옆에 두길 잘했어.'

강유석을 기본적으로 신뢰하는 건 맞지만, 그렇다고 아예 경계를 안 하는 건 아니다.

신희현의 기억 속에는 과거의 강유석의 잔재가 아직도 강하게 남아 있다.

신희현이 말했다.

"네게 어떠한 변화가 생긴다면 반드시 말해줘야 해. 나는 이 팀의 리더니까."

강유석은 그러겠노라 고개를 끄덕였다.

신희현은 최용민에게 연락을 받았다. 광화문 근처에 레벤톤이라 짐작되는 몬스터가 나타났다는 소식이었다.

신희현이 핸드폰에 대고 얘기했다.

—이미 알고 있습니다.

—…….

최용민의 낯빛이 어두워졌다. 이미 알고 있단다. 하긴, 그럴 만도 했다. 지금 이 순간에도 뉴스 속보가 쉴 새 없이 쏟아지고 있었으니까.

10미터가 넘는 거대한 괴물 레벤톤. 광화문 일대를 쑥대밭으로 만들고 있단다.

현재 그곳의 교통은 완전 마비 상태. 시민들도 황급히 대피했다.

신희현은 전화를 끊었다. 강민영이 신희현의 옆에 앉았다.

"오빠, 우리는 안 가?"

레벤톤을 잡기 위해서 7천만 코인을 사용했고 카란 잎을 열심히 수거하지 않았던가.

그런데 막상 레벤톤이 나오니 잠자코 있는 것이 이상했다.

"분명 내가 먼저 잡겠다고 했는데 저쪽에서 먼저 건드렸어. 내 경고를 완전히 무시했거든."

"……응."

그랬는데 김상목이 먼저 팀을 꾸려서 공격했단다. 덕분에 레벤톤은 화가 나서 더욱더 날뛰고 있는 상황이고.

강유석은 옆에서 생각했다.

'다른 플레이어가 먼저 공격할 것을 예상하고 계셨다.'

그리고 레벤톤은 일반적인 방법으로는 굉장히 잡기 어려운 몬스터일 것이 틀림없었다.

'어떤 협상을 하실지는 모르겠지만, 협상의 유리한 고지를 차지하기 위해서였어.'

신희현의 눈은 TV를 향하고 있었다. TV에는 레벤톤의 거대한 모습이 잡혀 있는 상태.

'수컷이네.'

역시 수컷이다. 수컷을 먼저 건드릴 필요는 없다. 레벤톤은 굳이 분류하자면 '초식 동물계' 몬스터다.

두 발로 걷는 15미터짜리 코뿔소를 생각하면 편하다.

그런데 이 '초식 동물계 몬스터'들은 상당수가 '실드'라는 걸 몸에 두르고 있다.

이 실드라는 게 여간 골치 아픈 것이 아니다. 어그로를 잡기도 힘들고 어지간해서는 공격이 박히지도 않는다.

특히나 수컷은 더더욱 그렇다.

'관망하는 게 좋겠어.'

또 다른 놈이 분명히 나타날 거다. 그것도 근처에.

신희현이 다시 핸드폰에 대고 얘기했다.

─지금은 저도 움직이기 힘들 것 같습니다. 체력이 너무나

부족합니다.

엘렌은 두 눈을 끔뻑거렸다.

'체력이 부족하셔……?'

그럴 리가.

그녀가 본 빛의 성웅은 체력이 넘치고도 남았다. 그는 힘든 일을 전혀 하지 않았었으니까.

사극 연기는 그렇게 못하면서 저런 연기는 어떻게 저렇게 뻔뻔하게 잘하는지 모르겠다.

핸드폰 건너편, 신희현과 대화를 나눈 최용민이 인상을 찡그렸다.

"젠장."

이건 분명했다.

"시작의 방에 들어갔었다고 들었는데."

그렇다면 피곤할 일이 뭐가 있겠는가? 그래 봤자 시작의 방 아닌가.

이것은 분명.

'시위하고 있는 거다.'

자신의 말을 제대로 들어주지 않은 것에 대한 시위.

물론 최용민 자신이 직접적으로 지시한 것이 아니기 때문에 직접적인 질타를 받지는 않겠지만.

'결국 놈이 나타나면 움직일 줄 알았는데.'

신희현은 움직이는 것조차 거부했다.

피해는 점점 더 커지고 있는 상태.

정확히 말하자면 '물적 피해'가 커지고 있다. 아직까지 죽은 사람은 없었다.

레벤톤은 강력한 방어력을 가지고 있지만, 공격력 자체는 강하지 않은 듯했다.

공격 속도가 느려서 회피도 수월했고. 덕분에 플레이어들의 피해는 없었지만 빌딩과 도로가 파괴되고 있었다.

최용민은 입술을 깨물었다.

'레벤톤은…… 빛의 성웅에게 그렇게 매력 있는 몬스터가 아니라는 소리인가?'

그도 아니면.

'다른 플레이어들은 레벤톤을 잡지 못할 거라고 확신하고 있는 건가?'

알 수 없었다. 다만 지금 그가 할 수 있는 거라곤 신희현을 최대한 구슬리고 달래는 일뿐이었다.

보고가 올라왔다.

"놈에게 특수한 방어막 같은 것이 있습니다. 통칭 실드라고 하겠습니다. 실드가 통상 공격을 모두 막아내고 있습니다."

그것뿐만 아니라.

"탱커들이 어그로를 전혀 잡지 못합니다."

탱커들이 어그로를 잡는 것조차 힘겨워했다.

레벨이 굉장히 높은 것인지는 모르겠지만, 공격 자체가 제대로 먹히지 않는다고 했다.

그런데 절망적인 보고가 이어졌다.

"레벤톤이 한 마리 더 나타났습니다!"

"위치는?"

"서울 종로, 낙원상가 근처입니다."

최용민은 인상을 더 찡그렸다. 한 마리도 버거운 상태인데, 여기에 더해 한 마리가 더 나타났다. 젠장.

'결국 신희현 플레이어에게 의존하는 수밖에 없다.'

그나마 반가운 보고도 올라왔다.

"실드가 깨졌습니다!"

어디까지나 '그나마 반가운'이다. 실드가 깨지기는 했지만 놈의 방어력이 약한 것은 절대로 아니었다.

"공격이 통하긴 통합니다만……. 제대로 사냥하려면 최소 12시간 이상이 걸릴 것이라 짐작됩니다. 그사이 피해를…… 지금은 예측하기 어렵습니다!"

한 마리만으로도 고전을 하고 있다.

다행히 레벨 자체가 엄청나게 높은 놈은 아닌 것 같았다. 그나마 공격이 먹히긴 한다니까.

결국 최용민은 핸드폰을 다시 한번 들어 올렸다. 빛의 성웅에게 전화하기 위해서.

　신희현은 낙원상가 근처에 한 마리가 더 나타났다는 것을 알게 됐다. 그리고 생각했다.

　'분명 내게 다시 한번 전화를 하겠지.'

　낙원상가에 나타난 그놈의 모습도 뉴스에 잡혔다.

　신희현이 씨익 웃었다.

　'암컷이다.'

　신희현이 말했다. 신희현의 팀원들은 이미 신희현의 집에 모여 대기하고 있던 중이다.

　"다들 준비해."

　그때, 신희현의 핸드폰이 울렸다. 최용민에게 전화가 온 거다.

　최용민이 먼저 선수 쳤다.

　─죄송합니다. 저희의 실수입니다. 김상목 플레이어를 막으려고 했으나…… 제 능력으로는 역부족이었습니다.

　─네, 괜찮아요.

　신희현은 전혀 괜찮지 않다는 듯 대꾸했다.

　그에 따라 최용민은 마음이 급해졌다. 어떻게 신희현을 달래야 할지 모르겠다. 신희현이 다시 말했다.

─고구려는 저랑 미리 약속 다 해놨었는데. 그걸 일방적으로 깼어요. 기분은 매우 나쁘지만…… 피해가 중첩되고 있는 상황이고 더 이상 그냥 두고 볼 수는 없는 노릇이네요.

최용민은 만세를 부르고 싶었다. 기회가 왔다. 이때가 기회다.

─공식적인 사과를 진행하겠습니다. 도와주십시오. 커다란 피해가 발생하고 있습니다.

빛의 성웅이 직접적으로 '보상'을 요구하기 전에 먼저 입을 뗐다. 그래야 빛의 성웅의 체면이 더 살 테니까.

─저희는 빛의 성웅의 요청에 따른 약속을 일방적으로 묵살했습니다. 그에 따라 공식적인 사과와 더불어…… 저희가 뭐라도 해드릴 수 있는 게 있다면 뭐든지 해드리겠습니다.

지금은 빛의 성웅을 움직여야 할 때다.

만약 '고구려가 약속을 제대로 이행하지 않아서' 빛의 성웅이 레벤톤을 외면했다는 게 사람들 사이에서 알려지면?

고구려에 대한 여론은 최악의 상태까지 흘러갈 수도 있다.

'성웅의 이름값이 있으니 터무니없는 것을 요구하지는 못할 거다.'

일을 공식적으로 진행할 거니까.

신희현이 어쩔 수 없다는 듯 한숨을 내쉬면서 말했다.

-상급 워터볼 있죠?

-네, 최근 몇 개 구했습니다.

최용민은 안도의 한숨을 내쉬었다. 상급 워터볼이란다. 그거, 상급이기는 한데 쓸모가 전혀 없는 아이템이다.

'상급'이라서 보관은 하고 있는데 쓸 일이 전혀 없다.

희귀하기만 하지 쓸모는 없는 아이템이 바로 상급 워터볼이었다.

'빛의 성웅에게는 명분이 필요한 거야.'

고구려를 용서하는 명분.

그는 성웅이다. 모르긴 몰라도 '성웅'이라는 그 명예가 그에게는 반드시 필요한 것 같았다.

그러니까 신희현은 지금 '희귀하기는 하지만 싸구려인 물건'을 받고 고구려 지원에 나섰다는 '명예'가 필요한 모양이었다.

엘렌은 발견했다. 입으로는 한숨을 내쉬고 있지만, 눈은 웃고 있는 신희현의 모습을 말이다.

'빛의 성웅……! 그거 원래 필요한 거라고 하셨지 않습니까?'

아무리 봐도 빛의 사기꾼, 신희현이 결국 승낙했다.

'미리부터 가려고 다 준비시켰지 않습니까?'

이미 그의 팀원들은 준비를 끝마친 상태.

그리고 엘렌은 또 발견했다. 거울 속의 그녀는 실실 웃고 있었다. 그녀는 화들짝 놀라 날개를 활짝 폈다.

어째서 나는 웃고 있는 거지.

그녀는 직감했다.

'빛의 사기…… 아니, 빛의 성웅의 표정을 닮아가고 있다……!'

자기도 모르게 실실 웃고 있는 모습이 사기를 칠 때의 신희현의 모습 같아서 날개가 쫙 펴졌다.

신희현이 고개를 갸웃했다.

"엘렌, 무슨 일이야?"

엘렌은 정색했다.

"아무것도 아닙니다."

'나는 아니다. 신희현 플레이어를 닮아가고 있는 게 절대로 아니다. 그렇지 않다. 그럴 리 없다'라고 생각하며 날개에 힘을 빡 줬다.

빛의 성웅 팀이 출격했다. 그들의 1차 목적지는 낙원상가였다.

낙원상가에 도착했다. 신희현이 카란 잎을 꺼내 들었다.

"윈더."

윈더를 소환했다. 레벤톤 사냥, 이제부터가 시작이었다.

9장
변도현이 이상합니다

신희현은 특별한 아이템을 하나 조제했다.

'블랙 엔트 똥구멍'을 짜서 나온 액체를 물에 타서 희석시켰다. 그리고 그것을 카란 숲에서 수거한 붉은 카란 잎에 골고루 묻혔다.

지금 신희현이 뿌리려고 하는 것은 그 특별히 만든 카란 잎이다.

윈더가 명령을 받들었다.

'이것도 위대한 업무의 일환이다.'

그렇게 스스로를 속였다.

'아주 위대한 나뭇잎 뿌리기다.'

카란 잎들을 암컷의 눈앞에 흐트러뜨렸다.

크으응? 크으응!

낙원상가 근방에 나타난 레벤톤, 그러니까 암컷 레벤톤은 코를 벌렁거리다가 콧김을 뿜어냈다. 증기 기관차가 뿜어내는 증기 같았다.

신희현은 그사이 라비트를 소환하여 카란 잎을 한곳에 모아놓았는데 그 양이 제법 많았다.

두 발로 서 있던 레벤톤이 크으응! 커다란 소리를 내며 네 발로 땅을 짚었다.

거대한 코뿔소 같은 형상.

최용민은 영상을 통해 실시간으로 그것을 지켜봤다.

'도대체 뭘 하려는 거지?'

정령을 부리고 소환 영령을 부리고, 여러 가지를 하고 있는 것 같기는 한데 레벤톤을 사냥하는 것과는 거리가 있어 보였다.

'그에게 실드를 깨는 특별한 비법이 있는 것인가?'

아무래도 그런 것 같았다. 그렇지 않고서야 저런 이상한 사전 작업을 할 리는 없으니까.

레벤톤이 네 발로 쿵쿵거리며 걸어와서 카란 잎들을 씹기 시작했다.

쿵?

레벤톤은 그 맛에 깜짝 놀란 듯 눈을 동그랗게 떴다.

몇 번인가 눈을 끔뻑거리고서는.

크으응! 쿵! 크으으으응!

콧김을 마구 내뿜으면 모아놓은 카란 잎에 코까지 박고서 열심히 씹어댔다.

그 모습을 보며 신희현은 씨익 웃었다.

'됐다.'

최용민은 눈을 부릅떴다.

영상만으로는 실드가 약해지고 있는 건지 알 수 없었다.

레벤톤은 저 이상한 잎을 맛있게 먹고 있을 뿐, 별다른 변화를 보이지는 않았다.

레벤톤에게 일어난 변화를 가장 먼저 눈치챈 사람은 바로 강현수였다.

'아름다운 세계'의 리더. 신희현이 '레밋 던전'의 '키'가 될 거라고 생각했던 플레이어.

온갖 것을 보며 섹시하다고 표현하는 그는.

"저기 솟아나는 저거……. 엄청 섹시하지 않아?"

라면서 입술을 핥았다.

사실상 그는 신희현의 생각처럼 '레밋 던전의 키'가 되어주지는 못했다. 레밋 던전은 파괴되었고 그로 인해 던전 브레이크가 발생했었으니까.

레벤톤의 이마에서 뿔 하나가 솟아오르고 있었다.

노란색으로 빛나는 뿔. 크기는 약 30㎝ 정도 되는 것 같았다.

강현수는 뭔가 이상함을 느꼈다.

"응?"

"대장, 왜 그래요?"

"뭔가…… 지진 같은 게 난 거 같지 않아?"

"……네?"

이거 뭔가, 느낌이 안 좋다.

"일단 자리를 좀 옮기자. 여기 뭔가 불안하다."

"네."

아름다운 세계의 팀원들은 강현수의 말에 토를 달지 않았다.

강현수의 이명은 '행운'이다. 특이하다면 굉장히 특이한 이명.

팀원들조차 그가 가진 스킬이 뭔지 제대로 모르긴 했지만 하여튼 그는 걸어 다니는 '행운'이었고, 그의 말을 들어서 손해 보는 경우는 거의 없었다.

빛의 성웅으로부터 거리를 벌리고 있는데 그 와중에 강하나를 만났다.

얼음계 마법사. 과거 제주도에 열린 게이트를 빛의 성웅과 함께 클리어했다 하여 더욱 유명해진 '마녀' 강하나다.

강현수가 말했다.

"강하나 씨?"

"네."

강하나 역시 강현수를 알고 있다.

'행운'이라는 얼토당토않은 별명을 가진 이상한 남자. '아름다운 세계'를 이끌고 있는 리더.

"아름다우시네요."

"……."

아름다운 걸 병적으로 좋아하는데, 그 아름다움의 기준이 굉장히 비상식적이고 이해할 수 없다는 것이 알려져 있다.

"칭찬인지 욕인지는 모르겠지만 나는 레벤톤을 잡아야 하거든요. 저리 비켜줄래요?"

"안 가는 게 좋을 텐데……."

강하나는 인상을 찡그렸다.

안 가는 게 좋다니. 레벤톤을 잡으면 굉장히 좋은 아이템을 드랍할 거라고 다들 예상하고 있다.

그런데 왜?

하물며 저쪽엔 빛의 성웅이 있다는 첩보까지 얻었다.

빛의 성웅과 함께 잡는다면 분명 잡을 수 있을 테고 일정 부분 보상을 공유할 수 있을 텐데.

강현수가 피식 웃었다.

"안 가는 게 좋을 텐데……. 뭐, 마음대로 해요."

강하나는 괜히 찝찝해졌다. 강현수는 '가자!'라고 말하고서 걸음을 옮기다가 혼자서 스텝이 꼬여 넘어졌다.

하필이면 그 방향이 강하나를 향했다. 넘어지면서 강하나에게 안긴 꼴이 되었는데.

쿵!

뭔가가 땅에 떨어졌다.

강현수가 서 있던, 바로 그 자리였다.

강하나는 강현수를 밀쳐 내기 전에 하늘을 쳐다봤다.

'저게 뭐지?'

강현수는 '큰일 날 뻔했네'라면서 일어섰다.

그가 서 있던 자리에는 주먹만큼 커다란 우박 비슷한 것이 뭔가가 있었다. 제대로 맞았으면 머리가 깨졌을지도 모를 일이다.

"역시 우리 대장님, 운빨은 끝내주네요."

"어쩐지. 하필이면 왜 거기서 넘어졌는지 이해 못 할 뻔했네요."

강현수가 말했다.

"빨리 튀자."

그와 거의 동시에 강하나가 외쳤다.

"얼음 그물!"

광범위 공격이다. 얼음으로 이루어진 그물로 상대를 공격하는 스킬.

그런데 이번에는 그것이 방어에 쓰였다.

우박 같은 것이 계속해서 떨어져 내렸다. 강하나의 얼음 그물이 그것 몇 개를 부숴 버렸다.

강현수가 말했다.

"저쪽으로 간다면서요?"

"그쪽 말을 듣기로 했어요. 이명이 행운이라면서요?"

강하나와 강현수는 한 빌딩 안에 들어갔다. 쏟아지는 우박비를 피해 일단 몸을 옮긴 거다.

"저게 도대체 뭐죠?"

강현수가 어깨를 으쓱했다.

"글쎄요. 잘 모르겠네요."

신희아가 실드를 펼쳤다.

"멀티 실드."

쿵! 쿵! 쿵! 쿵!

푸르스름한 실드에 우박이 계속 떨어져 내렸다.

더 정확히 말하자면 우박이 아니었다. 15미터짜리 거대한 몬스터의 땀구멍에서 뿜어져 나오는 돌이었다.

신희아가 인상을 찡그렸다.

"이게 뭐야, 도대체. 냄새도 엄청 고약해."

"조금만 기다려."

신희현은 강현수가 한 건물로 들어가는 것을 확인했다.

'강현수가 저곳에 들어갔다.'

초감각을 펼쳤다.

'놈이 반응할 때가 됐는데.'

강현수의 위치를 확인했고 그와 반대되는 방향을 살폈다.

인상을 찡그렸다. 신희아의 말대로 냄새가 정말 고약했다.

냄새가 정말 고약하니 어쩔 수 있나. 우리 민영이를 꽉 껴안아줘야지.

신희현은 강민영을 꽉 껴안았다. 자신의 체취로 이 고약한 냄새를 가려 버리고 말겠다는 듯.

강민영은 신희현에게 저항하지 않고 쏙 안겼다.

"오, 오빠!"

"아가는 이런 거 보면 안 돼."

그 말을 들은 엘렌은 하마터면 영체화를 풀 뻔했다.

그렇게 큰 아가가 어디 있습니까.

따지고 싶었다. 그건 험머도 마찬가지였다.

'누, 누님……'

고치를 깨고 세상에 나왔더니 뭔가, 뭔가 누님이 타락한 기분이다.

아니, 이게 타락이라고 할 수 있는 건가……?

잘은 모르겠지만.

'누님, 타락하시면 안 됩니다.'

영체화 상태의 두 파트너는 눈을 마주쳤다.

둘 모두 비슷한 생각을 하고 있는 것이 틀림없었다. 둘 다 한숨을 내쉬었다.

신희아는.

"자꾸 이런 식이면 오빠 실드 풀어버릴 거야."

하고 엄포를 놓았다. 지금 그녀는 멀티 실드와 더불어 솔로잉 실드도 펼친 상태다.

두 겹으로 실드를 펼쳐 놓은 상태이고, 개중 위험하다 싶은 것들은 루시아가 라이플로 부숴 버리고 있다.

루시아는 도통 이해할 수 없었다. 교감을 통해 신희현에게 진심으로 물었다.

따지는 게 아니라, 정말 실제로 궁금해서 그런 거다.

'오빠, 강민영 플레이어는 성인입니다만.'

강민영도 이 상황이 달갑지만은 않았다.

둘만 있을 때 아가라고 하는 건 좋은데, 이 오빠는 도대체 왜 때와 장소를 구분 못 하느냐 말이다.

강민영이 한마디 하려고 했는데 그럴 수 없었다.

쿵! 쿵! 쿵! 쿵!

거대한 소리가 들려왔다.

콰과광!

빌딩들이 무너져 내렸다.

신희현이 씨익 웃었다.

'역시나.'

레벤톤은 암컷과 수컷이 나뉘어져 있다.

대부분의 동물계 몬스터가 그러한데, 레벤톤 공략의 핵심은 바로 암컷을 자극하는 거다.

암컷에게 '블랙 앤트의 똥구멍을 짜서 나온 물을 묻힌 카란 잎'을 먹이게 되면 암컷은 이상한 돌덩이를 쏘아낸다.

플레이어들은 그것을 일컬어 '페로몬 폭발'이라고 말을 하곤 했는데 이때, 암컷 레벤톤의 이마에서는 약 30㎝짜리 뿔이 자라나게 된다.

신희현은 라비트에게 이미 얘기를 해뒀다.

'신호를 주면 저 뿔을 잘라 와.'

하여튼 암컷 레벤톤이 페로몬 폭발을 시작하면 근방에 있는 수컷 레벤톤이 반응하게 된다.

속된 말로 발정이 나게 된다. 발정 난 수컷의 눈은 시뻘겋게 물들게 되고 성기가 굉장히 길어지게 되며 네 발로 뛰어다니게 된다.

그때, 주체할 수 없이 커진 그것은 땅바닥을 긁게 되는데, 수컷 레벤톤은 그것이 괴로워 폴짝폴짝 뛴다.

15미터의 거대한 코뿔소가 쿵쿵대며 뛰는 것.

그것만으로도 하나의 거대한 무기가 됐다. 빌딩들이 무너져 내리고 도로가 파괴됐다.

김상목이 입술을 깨물었다.

"저놈이 갑자기 왜 저러는 거야?"

이해할 수 없었다. 뭔가 이상한 냄새가 어디선가 풍겨오는 것 같은 느낌이 들었는데 갑자기 저놈이 난리를 쳤다.

"피, 피햇!"

놈은 강력한 방어력에 비해 공격력 자체는 그렇게 강하지 않았었다. 그래서 여태껏 사망자가 나오지 않았었는데, 갑자기 날뛰는 놈에게 깔려 딜러 둘이 그 자리에 깔려 즉사했다.

쿠오오오오오!

레벤톤은 크게 소리를 지른 뒤 어디론가 향해 마구 뛰어갔다.

김상목은 눈치를 챘다.

'새로운 레벤톤이 나타났다는 그 방향이다.'

낙원상가 쪽.

"놈이 발작하고 있다. 쫓아!"

느리긴 하지만 공격이 확실히 먹히고 있던 중이었다.

시간을 오래 끌면서 차륜전을 펼치면 분명히 잡을 수 있는 몬스터.

빛의 성웅이 호시탐탐 노리고 있는 몬스터다. 반드시 잡아야 했다.

김상목을 선두로 한 플레이어들이 레벤톤을 뒤쫓기 시작했다.

수컷 레벤톤이 암컷 레벤톤 위로 올라탔다.

강민영은 신희현이 '아가는 이런 거 보면 안 돼'라고 말한 이유를 알 수 있었다.

크오오오!

쿠오오오!

쿠우우우!

정확하게 말로는 표현할 수 없는, 야릇하지는 않은데 이상하게 야릇한 것처럼 느껴지는 요상한 소리가 났다.

그것도 15미터짜리 거대한 코뿔소에게서 말이다.

쿵! 쿵! 쿵!

수컷 레벤톤과 암컷 레벤톤, 둘 모두가 만족하고 있는 것 같았다. 둘 모두 발정이 난 것 같은 모양새.

신희현이 말했다.

"조금 기다리면 돼."

주변을 둘러봤다. 보아하니.

'행운의 숙련도가 아직은 조금 부족한가 보네.'

레밋 던전에 클리어에 있어서 강현수는 크게 활약하지 못했었다.

이제 이해가 됐다. 강현수가 들어가 있는 건물은 반파됐다.

레벤톤과 부딪쳐 위쪽이 무너져 내렸다. 초감각을 통해 강현수가 1층에 있다는 것은 확인했다. 강현수는 무사한 상태.

'만약 행운의 숙련도가 높았다면…….'

그랬다면 아예 안전한 건물로 숨었을 거다.

'어쨌든.'

강현수는 계속해서 성장할 거고, 아탄티아 던전과 최후의 던전에서도 크게 활약할 수 있을 거다.

고개를 돌렸다.

암컷과 수컷, 둘 모두의 코에서 콧김이 뿜어져 나왔다. 기회가 왔다.

'라비트.'

'알겠소. 나만 믿으시오!'

라비트가 달리기 시작했다. 그는 짝짓기에 열중하고 있는 암컷의 몸을 타고 올라갔다.

암컷 레벤톤은 생쥐 한 마리 따위는 신경조차 쓰지 않는 것 같았다. 교미에만 집중했다.

"일격필살!"

라비트가 암컷의 뿔에 스킬을 사용했다.

그로부터 얼마 후, 수컷 레벤톤의 뒤를 쫓아온 김상목은 입을 쩍 벌렸다.

"이게…… 뭐냐?"

암컷 레벤톤은 꽤나 만족한 듯(?) 크으응! 하고 커다랗게 외쳤다.

사람의 기준으로는 절대 야릇하지는 않은 소리지만, 하여튼 수컷 레벤톤은 그러한 괴성, 아니, 신음이 마음에 드는 듯했다.

그러한 가운데, 첫 번째 변화는 라비트가 암컷의 뿔을 잘라 버렸을 때 일어났다.

암컷은 교미에 집중하느라 자신의 뿔이 잘려 나가는 것도 모르는 듯했다.

신희현이 말했다.

"가끔 멍청한 닭들은 자기 똥구멍이 파이는 줄도 모르고 자거든."

신강철은 눈을 끔뻑 거렸다.

"누가 닭 똥꼬를 파?"

"생쥐들."

그러한 경우들이 있다. 지금이 그랬다.

암컷 레벤톤의 뿔이 잘려 나갔다. 그러자 암컷 레벤톤의
몸에서 증기가 뿜어져 나오기 시작했다.

어김없이 악취가 풍겨 나왔다.

사람의 입장에서는 악취이지만 수컷 레벤톤에게는 이성을
유혹하는 페로몬처럼 느껴진 듯했다.

수컷 레벤톤이.

크오오오오!

괴성을 질러대며 교미에 더욱 집중했다.

쿵! 쿵! 쿵! 쿵!

그 두 몬스터가 교미를 하자 땅이 울렸다.

신희현은 주변을 힐끗 돌아봤다.

'슬슬 다른 플레이어들도 도착할 때가 됐는데.'

수컷 레벤톤을 쫓아온 플레이어들이 있을 거다. 김상목이
지휘하는 플레이어들.

아니나 다를까.

김상목이 그의 주 무기인 쌍검을 들고서 달려오고 있는 것

이 보였다.

그리고 김상목은 발견했다.

"레벤톤이……."

정확하게 뭐라고 표현해야 할지는 모르겠다. 다만 수컷 레벤톤의 몸이 쪼그라들고 있는 것 같은 기분이었다.

'갈비뼈가…….'

사람의 기준으로 갈비뼈라 짐작되는 부근의 뼈들이 보이기 시작했다. 가죽이 말라가고 있었다. 그가 보기에 레벤톤이 급속도로 늙어버린 것 같았다.

그건 단순한 착각이 아니었다.

"레벤톤이……."

레벤톤이 축 늘어졌다. 암컷의 몸 위에서 몸을 가누지 못했다.

그러다가 이내 옆으로 쿵! 소리를 내며 쓰러졌다.

그때, 신희현이 앞으로 나섰다.

"김상목 씨, 많이 늦으셨네요."

"……."

젠장.

김상목은 자존심이 상했다.

빛의 성웅은 자신이 이렇게 헐레벌떡 달려올 것까지도 이미 예상한 것처럼 보였다.

어떻게 발버둥을 쳐도 나는 빛의 성웅의 손바닥에 놀아나는 건가.

그런 생각이 들었다.

신희현은 속으로나마 웃었다.

김상목의 심리 상태를 짐작하는 게 어렵지는 않았다. 자존심이 엄청 상했을 거다.

"수컷 레벤톤의 실드가 벗겨져 있더군요."

적을 만들 필요는 없다.

고구려를 자극해서 필요한 것을 얻어낼 필요는 있지만, 그렇다고 필요 이상으로 자극할 필요도 없으니까.

"실드가 벗겨진 덕분에 놈이 훨씬 더 빠르게 지쳐 쓰러진 것 같습니다."

"……그렇습니까?"

"김상목 씨와 함께한 플레이어분들께서 선제공격을 가하셨고…… 아이템과 보상의 우선권은 그쪽에 있겠지요."

암컷의 뿔을 얻었다. 일단 1차적인 목표는 달성한 셈이다. 김상목이 순간 고개를 갸웃할 뻔했다.

'무슨 생각이지?'

모르긴 몰라도 고구려에 항의를 했을 거다.

최용민이 머리 아파하고 있을 것 같은 기분이 드는데. 어째서 이렇게 편을 들어주는 거지.

"감사합니다."

"지금 놈은 빈사 상태입니다. 시간을 주면 회복하겠지만 당분간 일어서지 못할 겁니다."

그 말인즉.

"저 레벤톤을 양보하겠습니다. 사냥하세요. 지금이라면 어렵지 않게 잡을 수 있을 겁니다."

레벤톤을 양보하겠다는 뜻이다. 플레이어들은 순수하게 고개를 끄덕이며 감탄했다.

'역시…… 빛의 성웅이다.'

잡으려고 했으면 이런 정보를 알려주기도 전에 잡았을 거다.

그런다고 해도 그 누구도 뭐라 하지 못했을 거다.

그런데 빛의 성웅은 순순히 저 몬스터를 양보한다고 했다.

아직도 강성해 보이는 한 마리는 남겨두고, 다 죽어가는 한 마리를 말이다.

김상목은 입술을 깨물었다.

'제기랄.'

빛의 성웅이 호의를 베풀고 있는 건 알겠지만 여전히 자존심이 상했다. 그래도 잡기는 잡아야 했다.

'고구려가 아무것도 못했다는 오명은…… 벗을 수 있을 거다.'

둘 모두 빛의 성웅이 잡아버리면 고구려의 위신이 땅에 떨어지겠지.

거기까지 생각이 미친 김상묵이 고개를 숙여 보였다.

"염치 불구하고…… 잡겠습니다."

수컷이 축 늘어진 뒤, 암컷은 아무런 반응도 보이지 않았다.

영체화 상태의 엘렌이 물었다.

"신희현 플레이어, 레벤톤은 어째서 움직이지 않고 있는 겁니까?"

"글쎄, 불만족해서 화가 난 거 아냐?"

"……불만족……말입니까?"

엘렌의 표정은 무표정했다. 대신 민영의 귓불이 빨개졌다.

"오, 오빠. 파트너를 상대로 무슨 얘기를 하는 거야?"

"아니, 뭐. 몬스터도 불만족할 수도 있지 않겠어?"

"……."

강민영은 지금 신희현의 품에 반쯤 강제로 안겨 있는 상태.

엘렌이 진지하게 물었다.

"어떤 것에 있어서 불만족이라는 겁니까? 저는 잘 모르겠습니다. 가르침을 주시면 감사하겠습니다."

"엘렌, 그건 말이야."

신희현이 후후 하고 다분히 악의적인 미소를 지었다.

그의 눈은 민영을 향하고 있었다. 민영은 이런 얘기를 할 때 굉장히 약한 모습을 보인다.

일부러 말을 천천히 했다.

"수컷 레벤톤과 암컷 레벤톤이 만났잖아. 수컷과 암컷은 말이야."

그러면서 민영의 반응을 살폈는데 굉장히 재미있었다.

그는 안다. 민영은 부끄러워하는 척이 아니라 실제로 부끄러워하고 있다.

어려서부터 운동을 해와서 남자들과 부대끼며 살았는데도 이렇다.

그런데 문득 신희현은 이상한 생각이 들었다.

'엘렌……?'

엘렌은 여전히 무표정했다. 그런데 뭔가.

'사악하게 웃고 있는 것 같은 기분이……?'

아니겠지? 착각이겠지?

엘렌의 눈이 민영을 향하고 있었다.

'분명 무표정이야.'

분명히 그렇기는 한데, 신희현은 왠지 거울을 봤을 때의 자신 같다는 기분이 들었다.

뭐지? 착각이겠지?

장난을 더 치려고 했는데, 그럴 수는 없었다. 그가 펼치고 있는 초감각에 뭔가가 걸렸다.

[몬스터 생성이 포착됩니다.]
[몬스터 생성이 포착됩니다.]

공간이 일그러지고 있다.

'됐다.'

암컷 레벤톤의 뿔 하나를 얻었다. 이제 두 번째 얻어야 할 것이 있다.

암컷 레벤톤이.

크오오오!

아까와는 느낌이 다른 괴성을 질렀다. 비명을 지르는 것 같았다.

암컷 레벤톤의 몸에서 증기가 계속해서 뿜어져 나왔다. 제 자리에서 쿵쿵대며 마구 뛰었다.

마치 사람이 발작을 일으킨 것 같았다. 등을 땅에 대고 누워 발버둥 쳤다.

약간의 시간이 흐르자 암컷 레벤톤 역시 축 늘어졌다.

"뿔을 잘라 버려서 그래. 저들도 모르는 저들의 약점이거든."

엘렌은 말하고 싶었다.

자기들도 모르는 약점을 빛의 성웅께선 어떻게 알고 계신 겁니까.

하여튼 사기적인 플레이어다.

그리고 몬스터들이 생겨났다.

김상목을 위시한 플레이어들은 아까보다는 훨씬 수월하게 수컷 레벤톤을 잡았다.

[레벨이 올랐습니다.]

[레벨이 올랐습니다.]

레벤톤은 경험치를 굉장히 많이 주는 특별한 몬스터인 듯했다. 대부분의 플레이어가 2레벨 업 이상을 했다.

"와…… 대박이네."

이러니까 빛의 성웅도 눈에 불을 켜고 잡으려고 했지.

그들은 그렇게 생각했다.

2레벨 업, 쉽지 않다. 그것도 한 몬스터를 잡았을 때 2레벨 업이 되는 경우는 거의 없다.

빠른 레벨 업을 하는 경우는 '대량 학살'을 할 때가 많다.

이렇게 단일 몬스터를 잡았는데 2레벨 업을 하다니.

그들 입장에서는 어마어마했다.

"뭐 이리 쉬워?"

빛의 성웅을 보고 있노라면, '어때요? 이것 봐요. 이렇게 잡으면 참 쉽죠?'라고 말을 하고 있는 것 같다.

그때 누군가가 뭔가를 발견했다.

"대장님! 저길 보십시오!"

김상목이 한쪽을 쳐다봤다. 공간이 일그러지고 있다. 몬스터가 생성된다는 소리다.

보아하니 신희현은 이것을 예측했다는 듯 뭔가를 준비하고 있었다.

'몬스터들이…… 또 나타나는 건가?'

그 범위가 굉장히 넓었다. 저 정도면 한두 마리는 아니다. 적어도 10마리 이상의 몬스터가 나올 것 같다.

'제기랄.'

만약 레벤톤 10마리가 동시에 튀어나온다면?

그렇다면 후퇴밖에 답이 없다. 적어도 수천 명 이상의 플레이어가 몰려와서 한 번에 레이드를 진행하는 수밖에.

"레, 레벤톤입니다."

그런데 일반 레벤톤은 아니었다.

"새끼인 것 같습니다."

새끼는 새끼인데 그냥 새끼는 아니었다.

모습을 드러낸 레벤톤들이 급작스럽게 몸집을 불리기 시작했다. 처음에는 1미터도 안 되었던 것이 몇 초 만에 쑥쑥 커서 약 5미터까지 자랐다.

신희현이 명령을 내렸다.

"루시아, 놈들의 심장을 노려."

아직 실드가 활성화되기 전이다. 이때 크리티컬 샷을 노린다면 일격에 죽일 수도 있다.

"네, 오빠. 명령만 내려주세요."

"마틴."

마틴을 소환했다.

"교감 커넥션."

마틴과 루시아를 이었다.

신희현은 멀티플레이 하듯, 마틴과 루시아에게 동시에 명령을 내렸다.

'마틴, 저놈이 루시아 방향을 보게 만들어.'

'알겠습니다.'

'루시아, 발포.'

[스킬, 크리티컬 샷을 사용합니다.]

크리티컬 샷.

루시아의 스킬로 적의 급소를 일격에 노리는 관통형 스킬이다. 쿨타임이 없어 연속으로 사용할 수 있으며 일직선에 있는 몬스터 세 마리를 관통시킬 수 있다.

'그리고 저놈.'

[2콤보]

[3콤보]

마틴이 사자후를 내질렀다.

"이놈들!!! 나를 봐라!"

새끼 레벤톤들의 몸이 일시에 돌아갔다.

'루시아, 왼쪽 2보.'

루시아가 왼쪽으로 몸을 굴린 뒤,

[스킬, 크리티컬 샷을 사용합니다.]

[스킬, 크리티컬 샷을 사용합니다.]

스킬을 사용했다.

거기에 더해.

[7콤보]

[8콤보]

거기에 연속 콤보를 하기 힘들어서 라비트까지 소환했다.

'라비트, 저놈의 몸을 돌려. 오른쪽으로 약간 움직이게 만들어.'

'알겠소. 나만 믿으시오.'

말로 설명하면 추상적일지 몰라도 그들은 교감과 교감 커넥션으로 이루어진 상태.

소환 영령들은 신희현의 명령을 확실하게 이해했고 이행했다.

김상목은 그 광경을 멍하니 쳐다봤다.

'지금 저 소환 영령들…….'

보고를 들은 적은 있다. 교감 커넥션이라는 스킬을 사용하는데, 아마도 그것이 소환 영령들을 이어주는 것 같다고.

'단순히 이어주기만 하는 게 아냐.'

저 소환 영령들은 서로의 움직임을 도와 최상급의 시너지 효과를 내고 있다.

두 명의 소환 영령이 놈들의 어그로를 끌거나 몸을 돌리게 만든 뒤, 최적의 위치와 상황에 도달했을 때 저격수가 공격을 하면서 꾸준한 콤보를 이어가고 있다.

'모르긴 몰라도……'

타 개체 콤보. 최소 20 이상의 콤보를 일궈내고 있을 확률이 높았다.

'이 정도인가.'

1+1+1=3이 아닌, 1+1+1=10 이상의 효과를 내고 있는 것처럼 보였다.

플레이어들이 파티를 이루는 이유는 간단하다. 서로 다른 클래스의 플레이어들이 모여 좋은 시너지 효과를 내기 위해서다.

그런데 빛의 성웅은 혼자서 저것을 모두 감당했다.

그뿐만이 아니었다.

'언제……'

콤보를 이어가고 소환 영령들을 통해 공격을 이어갔더니 어느새 레벤톤 무리가 한곳에 모이게 됐다.

그 숫자는 약 20여 마리.

"민영이가 왼쪽."

신희현은 잠시 휴식을 가지기로 했다.

아무리 그라 해도 이토록 정밀한 조정과 더불어 소환 영령 세 명을 한꺼번에 부리는 것은 체력적으로 부담이 간다.

루시아만 남기고 역소환시켰다.

그리고 그때, 이명이 불의 법관인 강민영이 계속해서 준비하고 있던 불 폭풍을 쏟아냈다.

"범위는 조금 줄이되 파괴력을 높여. 저기, 등에 흰 점 있는 놈 기준 왼쪽."

범위를 정확하게 지정해 줬다.

"유석이가 그 오른쪽."

강유석 역시 공격을 시작했다.

레벤톤 무리 왼쪽에선 불 폭풍이, 레벤톤 무리 오른쪽에선 물의 창으로 이루어진 것 같은 장대비가 쏟아져 내렸다. 서로 상극인 두 가지 힘이지만, 그 두 가지 힘은 서로를 간섭하지 않았다.

신희현이 말한, 기준이 되는 한 놈은 신희현이 처리하기로 했다.

세 명은 교감으로 이어져 있지는 않지만 마치 한 몸처럼 움직였다.

자존심 상하는 것과 별개로 김상목은 순수하게 감탄했다.

'저런 연계가……'

빛의 성웅도 대단하지만 단순히 그것만으로는 설명이 안 된다.

이건 저 플레이어들의 센스가 그만큼 뛰어나고 정밀한 컨트롤이 가능하다는 거다.

사냥은 그렇게 오래 걸리지 않았다.

실드가 제대로 생성되기 전의 레벤톤 무리와 빛의 성웅 팀이 싸웠다.

사실 싸움이라고 보기에도 어려웠다. 일방적인 사냥이었다.

신희현이 씨익 웃었다.

'됐다.'

……라고 생각했을 무렵 엘렌이 날개를 펄럭이며 날았다.

영체화 상태를 풀었다. 플레이어들은 엘렌의 자태에 입을 벌렸다.

엘렌의 앞쪽에는 커다란 배낭이 메어져 있었다.

"뿔을 수거하겠습니다."

엘렌이 뿔 12개를 수거했다.

신희현은 이걸 기뻐해야 하는지, 말아야 하는지 잠깐 갈등했다.

엘렌은 파트너로서 도움을 줄 수 없다는 것을 일찍이 깨달은 것 같다. 그래서 아이템 수집을 통해 자신의 존재 의의를 증명하고 있는 것 같달까.

엘렌의 표정이 너무나 진지해서 신희현은 혼자 피식 웃고 말았다.

'하여튼…….'

결과는 좋았다. 레벤톤의 뿔 13개를 얻었다.

이 정도면 충분할 것이다. 카란 숲을 돌며 노가다(?)를 했던 것이 성과가 있었다.

상급 워터볼도 구했다.

그렇다면 이제 남은 것은.

'이제 토닉스가 남았나.'

토닉스 하나가 남았다. 그런데 이상한 연락을 받았다. 최용민으로부터 온 연락이었다.

─변도현이…… 이상합니다.

과거, 미치광이 학살자라 불렸으며 신희현과 함께 제주도의 몬스터 게이트를 클리어했던 얼음계 마법사 변도현.

그에게 이상한 변화가 일어났단다.

신희현이 인상을 찡그렸다.

'설마…….'

10장
미치광이 학살자

광화문 일대.

수컷 레벤톤이 발작을 일으켜 휩쓸고 지나간 이곳은 폭격이라도 맞은 것처럼 반쯤 폐허가 되어 있었다.

"와…… 대박이네."

지하 대피소에 숨어 있던 시민들이 밖으로 나와 한숨 돌렸다.

"도대체가…… 몬스터란 놈들은 어떻게 생겨먹은 거야?"

"이대로 가다가는 진짜 인류가 멸망하는 거 아냐?"

"야, 재수 없는 소리하지 마."

몬스터는 계속해서 강력해지고 있는 것 같고, 몬스터 게이트를 비롯하여 던전 혹은 던전 브레이크 등 몰랐던 현상들이 계속해서 나타나고 있다.

이것들이 심화되고 어려워지면 결국에는 플레이어들이 해결할 수 없는 현상이 나타날 수도 있지 않을까.

그런 생각이 들었다.

"이번에도 빛의 성웅이 나섰다는데……."

플레이어들 중 가장 유명한 플레이어를 꼽으라면 당연히 빛의 성웅이다.

그러한 빛의 성웅이 왜 이렇게 늦게 나타났는지, 그들은 알 수 없었다.

"한 마리는 고구려 측에서 잡았다나 봐."

"빛의 성웅뿐만 아니라 플레이어들의 수준도 올라가고 있다는 거지."

사람들은 플레이어의 능력에 대해 얘기를 나눴다.

그럴 수밖에 없다. 레벤톤이라는 자연재해가 주위를 휩쓸고 지나갔고 그 자연재해를 막을 수 있는 건 플레이어밖에 없었으니까.

"다행이야."

방금까지 사람들은 그렇게 생각했다.

"어, 어, 어? 뭐, 뭐, 뭐야!"

변도현이 마법을 사용했다.

기초 마법, 얼음 화살이다.

거의 모든 마법사가 사용할 수 있는 마법이 바로 '화살' 계열 마법이다. 강민영도 불화살을 익히고 있다.

기초 마법이기는 하지만 일반인들을 죽이기는 어렵지 않았다. 어렵지 않은 정도가 아니라 아주 쉬웠다.

일반인들의 레벨을 보통 10 정도로 친다. 일반인들에게 '레벨'이란 게 있는 건 아니지만 대충 그 능력치가 그 정도 된다는 소리다.

운동선수쯤 되면 50 정도일 거라고 예측하고는 있지만 확실한 데이터가 있는 건 아니었다.

변도현의 현재 레벨은 286.

최근에 기연을 얻어 엄청난 속도로 레벨 업을 할 수 있었다. 이 정도면 폭업이라고 해도 좋을 정도였다.

현재 최상위급 플레이어들의 레벨이 200대 중반에 머물고 있다는 것을 감안하면 엄청난 수치라고 할 수 있었다.

변도현이 낄낄대고 웃었다.

"플레이어에게 의지할 거면 말이야."

그럴 거면.

"뭔가 너희도 플레이어에게 바치는 게 있어야 할 거 아냐?"

대피소에서 빠져나와 안도의 한숨을 돌리던 일반 시민의 숫자는 약 300명 정도 됐다.

그들은 비명을 질렀다. 그들 눈앞에서 사람 한 명이 쓰러지는 걸 봤다.

얼음으로 이루어진 것 같은 화살을 맞았다. 심장 부근이 얼어 있는 게 보였다. 아무래도 즉사한 것 같았다.

"시, 신고해! 신…… 큭!"

신고하라고 소리치던 남자 하나도 얼음 화살을 맞고 쓰러졌다. 심장에 맞은 건 아니었다. 즉사하지는 않았다.

"다, 다리가……."

흐어! 흐어어억!

비명을 질렀다. 다리가 움직이지 않았다. 얼어서 땅에 붙어버렸다.

"으아아아악!"

끔찍했다. 다시는 느끼고 싶지 않은 기분이다.

자신의 몸이 자신의 몸이 아닌 것 같은 이 괴랄한 기분. 그리고 아까의 그 남자처럼 죽을 수도 있다는 공포감.

변도현은 그 모습을 보면서 낄낄대고 웃었다.

"이거 좋은데?"

그는 얼음 화살 여러 발을 발사했다. 다리를 얼려 버렸다.

어떤 여자는 다리가 얼어버려 그 상태 그대로 넘어졌고, 어떤 남자는 달려가는 모양새 그대로 얼어버렸다.

"아니, 이게 아니지."

차라리.

"프리징 필드."

그와 동시에 그의 발밑을 중심으로 하여 얼음으로 이루어진 원이 급속도로 퍼져 나갔다.

"으아악! 제발!"

"제발 살려주세요! 살려주세요, 제발!"

약 100여 명의 사람이 그 필드 안에 갇혔다.

이 필드는 원래 공격 마법이라고 보기에는 힘들다. 보조 마법이다. 몬스터들의 움직임을 느리게 만드는 효과를 가지고 있는데, 일반인들을 상대로 하면 움직임을 아예 묶어버릴 수 있었다.

변도현은 계속 웃었다.

"낄낄낄!"

그는 진심으로 즐거워 보였다.

최용민은 보고를 받았다.

"변도현이……."

영상 보고였다.

미쳤다. 저 플레이어가 왜 저러는 건지.

미치광이 학살자라는 별명이 있기는 했지만 '학살의 대상'
은 어디까지나 몬스터였었다.

그런데 변도현이 왜 갑자기, 왜 일반인을 상대로 저러고
있는 거냔 말이다.

"미치겠군. 경찰은?"

"200레벨이 넘었을 겁니다. 총 정도는 소용없을 겁니다.
중화기는…… 도심 내에서 사용하기에는 무리가 있는 데다
가…… 인질을 백 명 넘게 잡고 있습니다."

프리징 필드라는 디버프 마법을 사용해서 사람들을 인질
로 잡고 있단다.

"변도현이 따로 요구하는 것이 있나?"

"그런 건 없는 것 같습니다. 이 상황을 즐기고 있는 것처
럼 보입니다. 왕이 될 거라고 얘기를 하는 걸로 보아……."

아무래도 미쳐 버린 것 같긴 한데 스킬 구동을 정확하게
하고 있는 걸로 봐서 완전히 미친 것도 아닌 것 같고.

최용민이 중얼거렸다.

"레벨 절대 룰이…… 엄청나게 거슬리는군."

지금 변도현이 작정하고 저러고 있는 거라면 자신의 레벨

에 대한 확신이 있어서일 확률이 높았다.

'룰 브레이킹'이라는 공통 스킬이 있기는 있다. 하지만 만능은 아니다. 끽해야 레벨 20차이의 격차를 줄일 뿐이다.

'만약 놈의 레벨이 280 이상이라면……'

그가 알기로 현재 변도현을 저지할 수 있는 플레이어는 없을 거다.

있다면 빛의 성웅 정도가 있겠지.

'놈이 이렇게 움직이는 건…… 280 이상이라는 소리겠지.'

그렇지 않고서야 미쳤다고 저런 짓을 벌일 리 없다.

게다가 변도현은 최근에 모습을 보이지 않았었다. 어디선가 어떠한 기연을 얻은 것이 틀림없었다.

한편, 신희현도 그 소식을 들었다.

'변도현이……'

과거가 바뀌었다. 변도현은 원래 일반인들을 상대로 이렇게 행동하면 안 됐다. 강유석이라면 몰라도.

물론, 이 시기의 강유석은 그러지 않았지만 하여튼 변도현은 저러면 안 됐었다.

'계속해서 바뀌고 있다.'

과거가 바뀌는데 미래가 바뀌지 않을 수는 없는 것 같았다.

큰 그림은 변하지 않는데, 작은 세세한 그림들은 계속해서 바뀌고 있었다.

'시민들을 상대로 인질극을 벌이고 있다고?'

교감을 통해 그 생각이 라비트에게 전해졌다. 현재 라비트는 역소환되지 않은 상태.

"그런 창피한 종자가 이 세상에 존재하고 있다니!"

라비트의 수염이 파르르 떨렸다. 그는 제대로 분노했다.

"약한 이들을 상대로 자신의 강함을 과시하는 놈들은 곧 쓰레기요. 그것은 나, 라비트 대공이 절대로 용서할 수 없소. 인간으로서의 존엄성을 포기한 행위란 말이오!"

신희현은 강유석을 힐끗 쳐다봤다.

'강유석이 그렇게 됐던 이유는…… 수호신 때문일 확률이 높다.'

수호신이라고 전부 다 플레이어 편인 건 아니니까.

가끔 있다. 수호신에게 육체를 잡아먹히는 플레이어도.

어쩌면 변도현도 그러한 케이스일 수도 있다.

'다만…… 그런 경우라고 보기에는…… 강유석이 지나치게 정상이었지.'

수호신에게 육체를 빼앗긴 플레이어들은 이상한 모습을 보이곤 한다.

대표적으로 두 가지 증상이 있는데, 하나는 녹색 피를 토하는 것. 또 하나는 눈 흰자위가 시뻘겋게 변하는 것.

공통적으로 이 두 가지 증상을 보인다.

라비트가 크게 말했다.

"주인, 이 내게 악을 처단할 검을 허락하여 주시오!"

신희현이 고개를 끄덕였다.

"알아봐야겠어."

미치광이 학살자 변도현이 지금 수호신에게 잡아먹힌 건지, 그도 아니면 다른 이유가 있는 건지.

변도현이 말했다.

"너, 가까이 와봐."

그는 낄낄대며 웃었다.

아니지. 내가 가는 게 빠르겠어. 왜냐? 너는 움직이지 못하니까! 다리가 얼었으니까! 낄낄낄!

변도현은 한 여자에게 가까이 걸어갔다. 그녀는 청바지를 입고 있었다.

"꺄아아악!"

비명을 질렀다.

변도현이 그녀의 청바지 지퍼에 손을 대고 살짝 내리기 시작했기 때문이다.

"시끄러워, 미친년아."

변도현은 여자의 뺨을 세게 때렸다. 그 충격으로 여자가 옆으로 넘어졌다.

쿵! 소리와 함께.

또 다른 사람들이 비명을 질렀다. 여자가 넘어지면서 발목 부근이 부서져 버렸기 때문이다.

'으아…… 으아아악!'

사람들은 비명을 겨우겨우 억눌렀다. 잘못해서 눈에 띄었다간 저런 꼴이 날 수도 있으니까.

여자는 비명을 지르며 울었다. 발목 아래로 부서진 것을 확인했다. 그런데 고통이 느껴지지는 않았다. 감각이 마비된 느낌. 공포스러웠다. 눈물이 줄줄 흘러내렸다.

"제발…… 살려만 주세요. 뭐든지 다 할게요."

"그래?"

변도현은 낄낄대면서 여자를 품평하듯 위아래로 훑어 봤다.

여자는 머릿속이 새하얗게 변하는 것 같았다. 변도현의 시꺼먼 손이 자신의 몸을 구석구석 주무르고 있는 것 같은 느낌을 받았다. 끔찍했다. 차라리 죽어버리고 싶을 정도로.

"폐하라고 말해봐."

"폐하!"

"황제 폐하, 만만세."

"황제 폐하, 만만세!"

여자는 울면서도 시키는 대로 곧잘 했다. 아무 생각도 할 수 없었다.

사람들은 뭔가를 발견했다. 변도현의 눈이 시뻘겋게 변해 있었다.

'아, 악마다……!'

그들은 그렇게 생각했다. 흰자위가 빨갛게 변해 있었다. 충혈과는 느낌이 달랐다. 눈에서 빨간 안광이 뿜어져 나오는 것 같은 느낌이었다.

"그래그래. 나는 왕이지. 너희들을 다스리는 존재라는 소리다."

주위를 둘러봤다. 모두가 바들바들 떨고 있었고 자신과 눈을 마주치지 않으려고 애썼다.

"너희 약한 쓰레기들은 나의 지배하에 있을 수밖에 없다는 소리지."

낄낄낄!

웃으며 주위를 어슬렁거리고 있는데 목소리가 들려왔다.

"변도현, 이 미친 새끼야!"

변도현이 인상을 찡그렸다. 뒤를 돌아봤다.

고구려의 2인자, 김상목이었다.

변도현은 씨익 웃었다.

"오호라?"

"미친 또라이 새끼!"

김상목은 순수하게 분노했다. 지금 변도현이 한 행동들. 사람이라면 할 수 없고, 해서도 안 되는 짓이다.

저 새끼, 소고기 안 먹을 때부터 알아봤다. 미친 사이코 새끼다.

그는 쌍검을 뽑아 들고 뛰었다.

'라피드 스텝.'

그의 몸이 순식간에 앞으로 쏘아졌다. 한 번에 5미터가량을 빠르게 이동하는 이동 스킬이다.

'하단 찌르기.'

라피드 스텝에 하단 찌르기가 이어졌다.

그의 몸은 마치 전광석화처럼 빠르게 앞으로 쏘아져 나갔고 변도현의 허벅지를 찔렀다.

마법사와의 싸움은 거리를 좁히는 게 가장 중요했다.

김상목은 회심의 미소를 지었다.

'하단을 찌르면 분명 놈은…….'

뒤로 빠지거나 위로 피할 거다.

그 두 가지 상황, 모두 염두에 두고 있다.

방금 오른팔을 뻗었다. 그다음은 왼팔로 공격할 거다. 그의 주력 스킬이라 할 수 있는 '돌려 베기'를 사용해서 말이다.

변도현의 사지 중 어디가 절단되기는 하겠지만 지금은 그런 걸 감안해서 움직일 때가 아니었다.

플레이어를 막을 수 있는 건 플레이어밖에 없다.

'어라?'

그런데 변도현은 움직이지 않았다.

'젠장!'

변도현이 씨익 웃고 있는 게 보였다.

"레벨 절대 룰. 몰라?"

그의 오른손이 변도현의 왼쪽 어깨를 툭 쳤다.

"아이스 핸드."

김상목이 왼쪽 검을 떨어뜨렸다. 왼쪽 어깨가 마비됐다. 그의 왼쪽 어깨가 얼어버렸다.

"이 세계는 레벨이 곧 법이고 질서다."

플레이어들 사이에서는 그랬다.

"너희들은 내 지배를 받을 수밖에 없는 거야, 이 하등한 쓰레기들아."

낄낄낄 웃었다.

"나를 왕으로 모셔라."

김상목은 황급히 백스텝을 밟으며 후퇴했다. 힐러가 그의 상태 이상을 치유하려 했지만 소용없었다. 공격 주체인 플레이어가 레벨이 더 높기 때문인 것 같았다.

김상목은 인상을 찡그렸다.

'나보다 레벨이 20 넘게 높다고?'

룰 브레이킹도 소용없었다.

"짐이 곧 황제이며, 너희들의 태양이 될 것이다!"

그때, 목소리가 들려왔다.

"좆 까시오!"

좀처럼 비속어를 사용하지 않는 라비트가 욕을 했다.

그대로 변도현에게 달려가려 하는 것을 신희현이 말렸다.

'라비트, 잠깐 멈춰.'

'왜 그러시오? 놈에게는 지금 정의의 검이 필요한 것 같소. 약자를 상대로 저렇게 힘을 쓰다니. 나, 라비트 대공은 결코 좌시할 수 없소. 나는 저런 천박함을 두고 볼 수 있을 만큼 자비로운 대공이 아니오!'

'네 마음은 잘 알았어.'

당장 변도현을 때려잡는 것은 어렵지 않았다. 레벨 디텍터를 사용해 봤다.

[레벨: 286]

초감과가 연계하여 사용하면 조금 더 자세한 정보를 열람할 수 있다.

[레벨: 286]
[클래스: 얼음계 마법사]
[현재 상태: '미친', '구속당한']
[구속 주체: 고딘]

신희현은 이 상황을 이해했다. 아무래도 수호신에게 잡아먹힌 것 같다. 수호신이라는 게 플레이어에게 무조건 도움이 되는 건 아니니까.

'고딘이라.'

그러고 보니 기억이 난다. 과거에도 고딘에게 잡아먹혔던 플레이어가 있었다.

사실 고딘뿐만이 아니었다. 상당히 많은 숫자의 플레이어가 수호신에게 육체를 빼앗겨 폭주했던 사건들이 있었다.

신희현이 말했다.

"유석아."

"네."

"네가 처리해 봐. 미친 듯이 패서 제정신을 찾게 만들면 돼."

육체의 고통이 한계치에 이르면 플레이어는 제정신을 찾게 된다.

문제는 정말 죽기 직전까지 패야 한다는 것.

다른 방법도 있다. 신희현은 그 방법을 알고 있다.

'닥터 서지석이…… 능력을 제대로 개화하면 치유가 가능할 텐데.'

닥터 서지석.

과거 신희현과 함께 플로리아 던전을 클리어했었다.

'큰입연어'와 '메르갈'을 잡으면서 안면을 트고 관계를 가지게 된 서지석.

'서지석은 분명 고구려와 밀접한 관계를 가지고 있을 텐데.'

그럼에도 불구하고 아직 나타나지 않고 있다는 말은 스스로의 능력에 확신이 없기 때문일 확률이 높았다.

그렇다면 남은 방법은 역시 두드려 패는 거다.

변도현이 낄낄대고 웃었다.

"오호라? 제법 거물들이 오셨구만! 하지만 어쩔까? 나는 이렇게 많은 인질이 있는데."

그리고.

"빛의 성웅, 레벨이 몇쯤이나 되지? 그 외 다른 플레이어들은 레벨이 몇쯤 되지?"

"……."

"뭐, 말해주지 않아도 좋아. 나는 왕이며 황제. 너희들의 태양이니까. 너희 같은 하층민들은 감히 내게 도전할 생각도 않는 것이 좋을 거야."

신희현은 그러한 도발에는 전혀 동요하지 않았다.

저런 싸구려 도발에 넘어가기에는 그가 경험한 세상이 너무 넓었다.

강유석에게 말했다.

"놈과 상대하면서…… 네 수호신에 어떤 변화가 있는지 내게 알려줘."

"……네."

"명심해. 지금 저놈은 자기 수호신에 잡아먹힌 상태야."

"……."

고딘.

이름을 제외하고 특별한 것은 기억이 나지 않는 것으로 보아 하급 수호신인 것이 틀림없었다.

한편, 강유석은 마음이 조금 복잡해졌다.

'죽이지는 않는다라…….'

신희현이 말하는 것으로 보아 변도현은 자신보다 레벨이 낮을 것이 틀림없었다.

'어느 정도로 해야 안 죽지?'

물의 정령을 소환했다. 변도현은 낄낄대고 웃었다.

"거기서 한 발자국이라도 움직이면 인질들을 죽여 버리겠다."

강유석은 이러한 경험이 별로 없다.

어떻게 하지? 내가 움직이면 변도현이 움직인다. 죄 없는 일반 시민이 죽을 수도 있다.

그러한 생각이 드는 가운데 신희현이 말했다.

"유석이 너는 신경 쓸 거 없어. 엄호는 내가 알아서 해."

신희현은 루시아를 소환했다.

'놈이 얼음계 마법을 사용하면 부숴 버려.'

'알았어요, 오빠.'

시키지도 않았지만 강민영은 이미 스펠을 외워놓은 상태.

혹시 인질들에게 피해가 가지 않을 정도의 작은 마법을 준비 중이다.

얼음과 불.

그 둘은 서로에게 상극이다. 얼음이 가진 차가움이 더 크냐, 불이 가진 뜨거움이 더 크냐에 따라 어떤 마법이 더 강한지가 결정된다.

그런 의미에서 미치광이 학살자보다 불의 법관이 훨씬 강하다. 컨트롤만 잘한다면 변도현은 속수무책으로 당하게 될거다.

거기에 더해.

"희아, 멀티 실드 펼쳐. 저기 사람들한테. 한 번에 넣을 수 있는 사람들은 한 번에 넣되 범위가 닿지 않는 사람들에게는 솔로잉 실드 걸어."

그사이 변도현이 발작했다.

"네깟 놈들이 아무리 날고뛰어도 내게는 아무런 소용도 없다! 나는 태양이다!"

스스로를 태양이라 주장하는 변도현이 얼음 창을 쏘아냈다. 일반인을 향해서.

신희현의 윈더가 그것을 툭 쳤다. 얼음 창은 날아가던 궤도를 바꾸어 하늘로 솟구쳤다.

루시아가 발포했다.

탕!

소리와 함께 얼음 창은 산산조각이 났다. 변도현은 또 낄낄대고 웃었다.

"과연, 과연 그래야 빛의 성웅 팀이지! 그렇다면 어디 이것도 한번 막아봐라."

변도현의 눈앞에 얼음 폭풍이 생겨나기 시작했다.

얼음 알갱이들을 잔뜩 머금은 토네이도. 그것은 점점 더 그 형태를 갖추었고 맹렬히 회전하기 시작했다.

"불 폭풍."

강민영이 불 폭풍을 사용했다. 강민영이 만들어낸 불 폭풍이 변도현의 얼음 폭풍을 집어삼켰다.

수증기가 피어올랐다.

"멀티 실드! 솔로잉 실드!"

멀티 실드와 솔로잉 실드가 뜨거운 증기로부터 인질들을 지켜줬다.

김상목은 상황을 지켜봤다.

'변도현이…… 압도적으로 밀리고 있는 상태다.'

기껏 붙잡아 놓은 인질들도 소용없다.

아무리 발버둥 쳐 봐야 엄호가 워낙 탄탄해서 변도현도 어쩔 수 없는 모양이었다.

주먹을 꽉 쥐었다. 많이 쫓아왔다고 생각했는데 빛의 성웅은 또다시 저 멀리 앞서 나간 것 같다.

'언젠가는 반드시 쫓아가겠어.'

그런데 약간 궁금하기는 했다.

'어째서 빛의 성웅이 직접 나서지 않는 거지?'

왜 정령사 강유석을 앞세운 건지 알 수 없었다.

강유석이 소환한 물의 정령이 변도현에게 물을 끼얹었다. 변도현의 머리 위에 샤워기를 틀어놓은 것 같았다.

변도현의 몸이 움찔했다.

그러나 그것도 잠시.

"겨우 이 정도냐?"

낄낄대고 웃었다. 공격이 통하지 않았다. 그는 확신했다.

"네놈은 나보다 레벨이 낮구나!"

이 세계는 레벨이 곧 법이다. 플레이어들 사이에서는 그렇다.

"감히 이 몸에게 물을 끼얹다니. 그 죄를 죽음으로 갚을 것이다!"

강유석은 머리를 긁적거렸다. 신희현을 힐끗 쳐다봤다. 눈치를 본 거다.

이거, 너무 약하게 했나. 도무지 감을 못 잡겠다. 어느 정도로 때려야 안 죽지?

변도현이 얼음 창을 구현했다. 그것이 강유석에게 날아왔다. 강유석이 눈을 부릅떴다.

그의 눈앞에 물이 모였다. 물로 이루어진 방패가 생겨났다. 변도현의 얼음 창은 그 방패를 뚫지 못했다.

신희현은 피식 웃었다.

'확실히…… PK는 경험이 없다 보니…….'

원래대로면 저렇게 방어할 필요도 없다.

룰 브레이킹, 룰 브레이커 등 몇 가지 편법이 존재하기는 하지만 그래도 레벨 절대 룰은 절대 룰이다. 저런 공격 같은 거 그냥 무시하고 들어가도 된다.

하지만 이걸 머리로 아는 것과 실제로 경험해서 익숙해지는 건 완전히 다른 문제다.

눈앞에 얼음 창이 날아오고 있는데 방어도 안 하고 접근하는 건, PVP 경험이 거의 없는 강유석에게는 지나치게 어려운 것이기도 했다.

변도현은 잠깐 당황했다.

"가, 감히!"

아주 유용한 방어 스킬을 익히고 있구나.

그는 그렇게 생각했다.

"죽여 버리겠다!"

또다시 얼음 창을 구현했다. 이번에는 그 숫자가 무려 5개에 달했다.

강유석은 자신감이 조금 생겼다. 강유석은 신희현이 인정한 천재다.

'막지 않아도…….'

그래도 충분할 것 같은 기분이 들었다. 단 한 번의 격돌이었지만 그것을 직감했다.

그는 앞으로 뛰었다.

김상목이 눈을 부릅떴다.

'정령사 강유석……!'

방어는 신경 쓰지 않는 것 같았다.

어째서? 조금만 신경 쓰면 방어를 제대로 할 수 있을 텐데? 방금도 그리 어렵지 않게 막지 않았던가.

'설마.'

설마 맨몸으로 그냥 맞아도 된다고 생각하는 건가? 그 정도로 레벨 격차가 많이 난다는 건가?

'적어도 20레벨 이상 차이가 나야…… 그게 가능할 텐데.'

김상목은 몰랐다. 20레벨이 아니라 근 200레벨 가까이 차이가 난다는 것을.

그리고 얼마 뒤, 김상목은 발견할 수 있었다. 정령사 강유석이 주먹질을 하고 있는 모습을.

변도현이 소리를 질렀다.

"네, 네 이놈!"

강유석은 판단을 내렸다.

어느 정도로 공격해야 놈이 안 죽는지 모르겠다. 힘 조절 까딱 잘못했다간 놈이 죽어버리고 말테니까, 그냥 주먹질을 하기로 했다.

너무 하수를 상대하는 것도 번거로웠다.

퍽! 퍽! 퍽!

한참이나 주먹질이 이어졌다.

처음에는 '감히 태양의 몸에 손을 대는 것이냐!'라고 버럭버럭 소리를 지르던 변도현이 어느새 눈물을 줄줄 흘리며

'살려주세요' 하고 외치고 있었다.

신희현은 그런 강유석을 계속해서 쳐다봤다.

초감각을 활성화시킨 상태. 그는 강유석이 수호신에 대해 물었던 때가 언제인지 기억하고 있다.

'PVP 혹은 PK 시에…… 어떠한 변화가 있을 수도 있어.'

초감각에 뭔가가 걸리면 좋겠다고 생각했으나 아무것도 걸리지는 않았다.

그때.

'유석이의 몸이…….'

아주 잠깐, 움찔하는 게 느껴졌다.

신경을 쓰고 있지 않았다면 아무도 눈치채지 못할 정도의 작은 움직임이기는 했으나 초감각까지 활성화시킨 신희현은 알 수 있었다.

뭔지는 몰라도 뭔가 변화가 있는 듯했다.

시간이 더 흘렀다. 구타는 계속됐다. 변도현의 흰자위가 다시 흰색으로 돌아오기 시작했다.

맨주먹을 휘두른 정령사 강유석은 거친 숨을 몰아쉬었다.

"헉…… 헉……."

변도현은 아주 잠깐 기절했다가 다시 깨어났다. 그리고 일어나자마자 무릎을 꿇었다. 눈물을 줄줄 흘렸다. 잘못했다고 사죄했다. 아까와는 다른 사람 같았다.

상황을 지켜보던 경찰들이 투입됐다. 변도현은 반항하지 않았다. 순순히 손을 내밀었다.

최용민은 신희현과의 만남을 가졌다.

"상급 워터볼 7개를 준비했습니다. 일전에는 정말 죄송했습니다. 아시다시피…… 김상목 플레이어는 제 오랜 친구고……."

신희현이 어깨를 으쓱했다.

"그 얘기는 됐습니다. 상급 워터볼을 받았으니."

그리고 말을 이었다.

"변도현은 수호신에게 잡아먹힌 겁니다."

"수호신에게요……?"

"한 번 수호신에게 잡아먹힌 플레이어는 또 잡아먹힙니다."

"그렇다는 말은……."

"그리고 다시 잡아먹히게 되면…… 변도현을 아무도 감당할 수 없을 겁니다. 적어도 감옥 안에서는."

감옥 안에서 그를 어떻게 중재할 것인가.

최용민은 신희현의 말을 이해했다.

'지금…… 죽이라고 말을 하고 있는 건가?'

아무래도 그런 것 같다. 성웅이니만큼 그 말을 대놓고 하지는 않고 있지만.

'무서운 자다.'

죽이려면 아마 진즉에 죽였을 거다.

그러나 그러면 빛의 성웅의 위신에 금이 가겠지.

그래서 일부러 강유석을 내세웠고, 또 고구려와 정부에게 심판의 권한을 넘긴 것 같다.

신희현은 최용민이 무슨 생각을 하고 있는지 읽었다. 피식 웃었다.

"고구려에는 닥터가 있지 않습니까?"

"서지석 플레이어 말입니까?"

"변도현을 죽이지 않아도…… 그에게 해결책이 있을 겁니다."

거기까지 대화를 나눴다. 신희현은 고구려를 나섰다.

지금은 여론이 들끓고 있는 상태. 이번 사태는 심각한 사태였다.

플레이어가 갑자기 미쳐서 사람들을 학살하고 인질극을 벌였다. 결코 가벼운 일이 아니었다.

몬스터로부터 사람들을 지켜줄 수 있는 유일한 수단인 플레이어가 적이 되는 것. 그것은 매우 위험한 것이었다.

사람들은 플레이어들을 경계하기 시작했다. 마치 플레이

어들이 '잠재적 살인자'라도 되는 것처럼.

신희현은 걸음을 옮겼다.

'예전과 비슷하게 흘러가겠지.'

이제 어떻게 흘러갈지 대충은 예상이 된다.

확신했다. 인류 문명의 새로운 황금기는 없다. 대격변 이후의 황금기를 건너뛰고, 바로 격전기에 들어서게 될 거다. 그건 정해진 수순이었다.

세세한 건 바뀔지 몰라도,

'큰 줄기는 바뀌지 않아.'

큰 줄기는 바뀌지 않는다는 소리다. 그는 강유석과 잠시 자리를 가졌다. 그리고 물었다.

"나한테 뭔가 할 말 없어?"

그는 분명 봤다. 변도현을 때리던 와중 강유석에게 어떠한 일이 일어났었다.

지금 신희현은 그걸 묻고 있는 거다.

강유석이 대답했다.

"사실은……."

11장
부탁해 보는 게 이로울걸?

강유석이 머뭇거렸다.

"사실……."

신희현은 그 대답을 기다렸다.

큰 줄기는 바뀌지 않는다. 그렇다면 강유석이 폭군이 되어 버리는 것은 큰 줄기에 속할 것인가, 아니면 작은 줄기에 속할 것인가.

'사실상 강유석은 수호신에게 잡아먹혔다고 보기에는 힘들었지.'

정신도 멀쩡해 보였다. 수호신에게 잡아먹혔을 때의 특별한 증상이 단 하나도 발견되지 않았다.

신희현이 말했다.

"말해봐. 아주 사소한 거라도 좋으니까."

"저도 지금은 잘 기억이 안 납니다."

"기억이 안 난다고?"

강유석은 잠시 생각에 빠졌다. 이걸 어떻게 설명해야 할지 알 수 없었다.

약간의 시간이 흐른 뒤 강유석이 입을 열었다.

"처음과 끝은 확실히 기억이 나요. 그런데 그 중간이…… 마치 필름이 끊긴 것처럼 중간중간 기억이 없어요."

"네가 변도현을 제압한 건 기억이 나는데 그 과정이 기억이 안 난다는 거야?"

"네, 이게 뭐라고 말씀드리기가 어려운 게…… 저도 뭐라고 말해야 될지 모르겠어요. 중간중간 문득문득 기억이 없는 것 같은 기분이 드는데……. 또 아주 그렇지만도 않아요. 대충 기억이 나긴 하는데……. 정말 뭐라고 표현해야 될지 모르겠어요. 중간중간 시간이 잘려 나간 느낌이랄까."

신희현은 인상을 살짝 찡그렸다.

그게 무슨 소리지.

전례에 비추어 봐도 이러한 경우는 없었다.

"네 수호신의 이름이 뭐라고 했었지?"

"아직 이름을 밝히지 않았어요. 혹시 몰라서 활성화시킨 적도 없구요."

강유석은 자신의 수호신에 어떤 문제가 있을지도 모른다는 것을 대충이나마 눈치챘다. 신희현이 정확하게 얘기해 주는 건 아니었지만 말이다.

"형, 그런데 제 수호신에 뭔가 문제가 있는 건가요?"

"그게 확실하지가 않아서 나도 뭐라 말을 못 하고 있는 거야."

수호신을 잘만 활용하면 훨씬 더 빠르고 효율적으로 강해질 수 있다.

사실상 플레이어를 잡아먹는 수호신은 그렇게 흔치 않다. 도움이 되는 경우가 훨씬 많다는 소리다.

"일반적인 경우에 수호신은 플레이어에게 도움이 돼. 변도현 같은 경우는 그렇게 흔치 않아. 확률적으로 보면 한 5프로나 될까 말까 하겠지."

그 정도 가능성 때문에 지금 계속 강유석을 주시하고 있는 거다.

'나는 유석이를 옆에 둬야만 해.'

만에 하나, 그럴 일은 없겠지만 강유석이 폭주라도 하는 날이 오면 그땐 자신이 나서야 했다.

[레벨: 452]

[클래스: 정령사]

[현재 상태: '궁금한', '걱정']

신희현의 레벨은 현재 493이다.

확실히 400대가 넘어가면서부터는 성장 속도가 둔화됐다.

타 플레이어들은 200 초반을 넘어섰다.

'레벨 업을 폭발적으로 할 수 있는 시기는 지났어.'

노블레스 등급 클리어를 연속으로 해내고, 기연들이 이어진다 해도 레벨 업은 쉽지 않을 거다.

정확하게는 모르겠지만 이 레벨이라는 것에는 한계가 있는 모양이니까.

과거 아탄티아 던전을 기점으로 하여 생각한다 해도, 그 당시 최상위급 플레이어들보다 거의 100 가까이 높은 레벨이다.

그 말인즉.

'유석이와 내 레벨 격차도 이 정도는 유지해야겠지.'

강유석이라는 사람 자체는 믿는다.

그런데 만에 하나 잘못되었을 때, 리스크가 너무 커진다.

결국 신희현은 강유석 옆에서 강유석을 컨트롤해야 한다는 소리다.

'지금 유석이는 그 누구보다도 든든한 우군이다.'

아직 일어나지도 않은 일에 대한 걱정 때문에 이 우군을 버릴 필요는 없었다.

레벨 격차도 안심할 수 있는 편이고.

강유석이 물었다.

"무슨 생각 하세요?"

신희현이 피식 웃었다.

"민영이 보고 싶다는 생각."

"……예?"

도대체가 저 형은 종잡을 수가 없다. 아마도 저 말은 진심일 거다.

강유석은 저도 모르게 고개를 젓고 말았다.

빛의 성웅 팀이라면 모두가 그렇다. 이제 이런 모습을 보면 저도 모르게 한숨이 나오거나 고개를 젓게 된다.

신희현은 그러거나 말거나 아랑곳하지 않았지만.

강유석이 조심스레 말했다.

"형, 근데…… 변도현은 어떻게 될까요?"

변도현은 교도소에 갇혔다. 일각에서는 변도현을 사형시켜야 한다는 목소리가 매우 높았다.

"변도현, 그 새끼를 죽여 버려야 돼."

"심신미약이라든가 그딴 말도 안 되는 얘기가 나오지는 않겠지?"

변도현에 대한 비난 여론과 더불어.

"레벨 250 정도가 넘어가면 총 정도는 소용없대."

"대박이네. 그럼 어떻게 해야 돼?"

"총보다 센 무기를 써야지."

플레이어에 대한 공포감이 전국에 확산되기 시작했다.

만약 플레이어가 발작을 일으키게 되면 경찰도 못 막는다.

경찰이 가지고 있는 무기라고 해봐야 겨우 테이저건 정도인데. 그걸로는 플레이어를 절대 막을 수 없다.

"플레이어를 막을 수 있는 건 플레이어라는 소리인데……."

"나는 플레이어가 무섭다고. 그 플레이어는 또 어떻게 믿냐? 언제 미칠지 어떻게 알고!"

변도현이 자행한 학살 사건은 일반인들의 뇌리에 깊은 충격을 줬다.

당연한 말이지만, 일반인의 숫자가 플레이어의 숫자보다 월등히 높다.

그 숫자 비율이 약 9 대 1 정도.

한국 전체 인구의 10프로 정도가 플레이어이며 그 숫자는 대략 500만 명 정도로 추산하고 있다.

그러니까 지금은 4,500만 명이 500만 명을 두려워하기 시작했다는 거다.

플레이어라 짐작되는 사람이 지나가기만 해도 사람들은

그를 피하는 경우가 생길 정도였다.

플레이어가 아무리 강해도 시민들의 외면 속에서는 살아남을 수 없다. 플레이어는 그들이 입는 옷, 먹는 음식 등을 만드는 재주는 없으니까.

힘으로 강탈하여 노예처럼 부리면 모를까.

그런데 또 그럴 수는 없는 것이, 플레이어는 군과는 싸울 수 없다.

250을 넘어가면서부터는 총도 소용없다고는 하지만, 그냥 총이 아닌 수류탄 정도만 되어도 플레이어는 버틸 수 없다. 탱크나 헬기 정도가 뜨면 답이 없다.

그러니까 플레이어들이 제 마음대로 날뛸 수는 없는 거다.

고구려와 정부에서는 그러한 문제들을 해결하기 위하여 몇 가지 대비책을 갖추었다.

정부는 플레이어가 난동을 부리면 그 즉시 헬기를 투입하여 제압하는 방향의 법안을 발효했다.

또한 고구려는 공식 성명을 통해 이렇게 발표했다.

ㅡ플레이어를 제압하는 특별 부서를 신설하기로 하였습니다.

군대를 제외하고, 플레이어를 잡는 가장 효율적인 방법은 당연히 플레이어다.

　-고구려는 현재 발작을 막아낼 방법을 강구하고 있는 중이며 아직 정확하게 밝히기는 어렵지만 그 연구가 80퍼센트 이상 진행되었다는 것을 밝힐 수 있습니다.

　그러한 것들이 대략적으로 정리가 됐는데 문제는 변도현에 대한 처리였다.

　사람들은 변도현의 사형을 요구했지만 사실 조금 애매하기는 했다.

　"수호신인지 뭔지한테 정신을 빼앗긴 상태였대. 이중인격 같은 건가 봐."

　"고구려에서 그걸 치료할 수 있는 방법을 거의 개발했다고는 하는데…….."

　"어쨌든 그놈이 사람 열 몇 명 죽였고, 몇 명인가 장애인으로 만들어버렸다며. 죗값은 치러야지."

　몇몇 인권 단체에서는 변도현의 사형을 반대했다. 아무리 극악한 범죄를 저질렀다 하더라도 인간이 인간을 사형시킬 수는 없다는 것이 그들의 논리였다.

　시간이 조금 흘렀다. 결국 변도현은 12년 형을 받게 됐다.

　사람들은 거세게 반발했다.

겨우 12년이라니. 무슨 말도 안 되는 소리란 말인가.

대한민국의 처벌이 솜방망이 처벌이라는 것은 알고 있지만, 강간이나 살인을 저질러도 교도소 조금 들어갔다 오면 되는 곳이 한국이라고는 하지만.

그래도 이건 너무하지 않은가.

그사이 변도현에 의해 발목이 부서진 남자 하나가 대법원 앞에서 분신자살을 하는 소동까지 벌어졌다.

반드시 사형을 시켜 달라고. 그놈 때문에 아버지와 여동생이 그 자리에서 즉사했고 자신은 장애인이 되었다고. 제발 죽여 달라는 유서가 남겨졌다.

이것은 국민들의 공분을 일으켰다.

신희현이 말했다.

"고구려도 문제를 이미 인식하고 있을 텐데요."

"그렇습니다."

"이미 말씀드렸습니다. 변도현은…… 다시금 발작할 확률이 매우 높습니다."

변도현이 교도소 안에서 발작하게 되면 그 누구도 변도현을 막을 수 없다.

그러한 내용을 고구려는 너무나 잘 알고 있을 거다. 일반 시민들은 잘 모르겠지만.

"알고 있습니다."

신희현은 피식 웃었다. 고구려와 정부가 지금 무슨 생각을 하고 있는지 알 것 같았다. 잘은 몰라도 둘 사이에 뭔가가 얘기가 오갔던 모양이다.

신희현은 고개를 끄덕였다.

"발작하기를…… 기다리고 있는 거군요. 고구려가 욕은 좀 먹겠지만. 닥터 서지석 씨는?"

"아직 스킬 숙련도가 너무 낮은 것 같습니다. 변도현 정도 되는 플레이어를 원래대로 돌려놓기는 힘든 모양입니다."

신희현은 최용민을 쳐다봤다.

최용민이 무슨 생각을 하고 있는지는 알겠다.

지금 그는, 변도현이 교도소 내에서 발작하기를 기다리고 있다.

그 안에서는 아마 커다란 피해가 발생하게 될 것이다.

그것은 국민들의 공분을 사게 만들 것이고, 솜방망이 처벌에 대한 탄핵을 낳게 될 것이다. 그리고 발작한 플레이어에 대해 엄벌을 내려야 한다는 여론이 생성될 거다.

그때 고구려는 플레이어에 대한 사살권 등을 요구할 수 있을 거다.

'고구려와 정부의 권한을 강하게 만들고 싶겠지.'

정부는 이참에 좀 더 강력한 공권력을 확보할 수 있을 테고.

신희현이 말했다.

"최용민 씨가 무슨 생각을 하고 있는지는 알겠습니다. 그런데 변도현 정도 되는 플레이어는…… 살리는 것이 좋습니다."

"……예?"

"언제가 될지는 모르겠지만 아탄티아가 열립니다. 아탄티아 던전이 클리어된 이후에는 세상이 또 변하게 될 겁니다. 강력한 플레이어는 절대 버려서는 안 될 패입니다."

변도현의 죄를 쉽게 여기는 건 아니다.

하지만 전쟁터를 살아온 신희현에게 있어서 그렇게까지 충격적인 일이 아닌 것도 사실이다.

신희현이 자리에서 일어섰다.

"뭐가 더 유리한지 잘 생각해 보길 바랍니다."

신희현과 최용민은 대화를 끝냈다. 신희현이 나가고 나서 최용민은 생각에 잠겼다.

'차라리 변도현을 살려내고…….'

닥터 서지석의 힘이라면 변도현을 원래대로 돌려놓을 수 있다. 변도현은 레벨이 깎여 나갈 거고 수호신을 잃어버리는 페널티를 갖기는 하겠지만 하여튼 가능은 했다.

신희현의 말도 일리는 있었다.

'강력한 우군이 반드시 필요하다는 건가.'

그와 더불어, 차라리 이참에 변도현을 완벽하게 치료해 놓으면 국민들로부터 커다란 신뢰를 얻을 수 있게 될 거다.

위험한 질병에 대한 백신을 마련해 놓는 셈이니까.

'정부가 찬성할까?'

이번 기회를 통해 공권력을 강화하고 싶은 정부의 마음을 모르는 건 아니다.

'찬성하지 않아도…….'

최용민은 마음을 굳혔다.

지금은 정부의 눈치를 볼 때가 아니다. 신희현의 말이 맞았다. 그는 공식적으로 발표했다.

―발작을 일으킨 플레이어를 되돌릴 수 있습니다. 이론적으로는 99퍼센트 가능합니다.

현재 그 이론을 실험해 볼 대상은 변도현밖에 없었다. 백신을 원하는 국민들은 강력하게 요구했다. 변도현을 상대로 치료를 시행하라고.

결국 정부는 그 요구를 들어줄 수밖에 없었다.

최용민은 변도현을 찾았다. 닥터 서지석과 함께 말이다.

서지석이 물었다.

"레벨이 20만큼 감소될 겁니다. 수호신은 사라지게 됩니다. 동의하십니까?"

변도현은 눈물을 흘리며 고개를 끄덕였다.

차라리 그때의 기억을 잊고 싶었다. 그는 몬스터를 학살하고 싶었지 사람을 죽이고 싶지는 않았다.

최용민이 변도현의 귓가에 속삭였다.

"하지만 그쪽은 자살해 주셔야겠습니다."

변도현이 완벽하게 치료되었다는 소식이 전해졌다.

그리고 또 얼마 뒤 변도현은 교도소 내에서 스스로 목숨을 끊었다는 소식도 전해졌다.

유서가 발견되었다. 죄책감을 이기지 못하고 자살했다는 내용이었다.

대외적으로는 그렇게 발표가 됐다.

최용민이 말했다.

"새로운 이름과 신분입니다. 그리고 이것은 영구 폴리모프 물약입니다. 생김새가 어떻게 바뀔지는 저도 확신할 수 없지만."

"……감사합니다."

"그쪽의 죄가 없어지는 건 아닙니다. 필요에 의해서 가짜로 죽였을 뿐. 앞으로는 고구려를 위해서 일해주셔야겠습니다."

한편, 신희현은 몸을 풀었다.

엘렌이 물었다.

"체조하십니까?"

"응, 지금부터 좀 어딜 가 봐야 할 것 같거든."

"어딜 말입니까? 혼자서 말입니까?"

그녀의 말은 이런 거다.

그 사랑해 마지않는 강민영 플레이어도 두고 어딜 가시는 겁니까?

신희현이 피식 웃었다.

"지금 엄청 필요한 게 있거든. 그렇게 어려운 건 아니니까 혼자서 후딱 해결하고 올 거야."

지금 그에게 가장 필요한 것은 토닉스다. 아탄티아 던전을 대비하기 위함이다.

그런데 그 전에 다른 것이 필요해졌다.

엘렌이 날개를 펼치고 쫓아왔다.

"정말 혼자가시는 겁니까?"

"아니, 너랑 같이 가잖아."

엘렌의 날개가 크게 활짝 펼쳐졌다. 그녀는 굳은 의지를 다졌다.

"아이템은 제가 수거하겠습니다."

그리고 문득 궁금해졌다.

"뭐가 갑자기 그렇게 필요해지신 겁니까?"

"무화석."

엘렌은 고개를 갸웃했다.

'무화석?'

이제는 이런 걸 모른다는 게 전혀 부끄럽지 않다.

누군가 인간은 적응의 생물이라 그랬다. 천족도 마찬가지다. 이제 저 신희현이라는 플레이어에게 익숙해졌고, 이런거 모르는 것 정도는 당연해졌다.

뭔진 모르겠지만.

'누구보다 빠르게.'

누구보다 빠르게 아이템을 주우면 된다.

사실상 그것밖에 할 수 있는 것이 없기는 했지만 파트너로서 나쁜 건 절대로 아니었다.

신희현이 말했다.

"일단 시작의 방에 들러볼까."

신희현은 시작의 방에 들어갔다.

헬퍼는 저 미친 플레이어가 오늘은 어떤 협박을 할지 두려웠다.

하지만 신희현은 헬퍼에게 딱히 딴죽을 걸지는 않았다. 신희현은 이유 없이 뚱뚱한 소년을 괴롭히는 악취미는 갖고 있지 않았으니까.

그는 곧바로 물약 상점으로 향했다.

"세상에서 가장 예쁜 캘리, 오랜만이야."

키는 약 150㎝, 몸무게는 약 130㎏ 정도라 추정되는 캘리가 예쁘다는 그 말에 헤벌쭉 웃었다.

"정말? 내가 제일 예뻐?"

"그럼, 그렇고말고. 네가 제일 예쁘다."

엘렌은 직감했다.

'이래서 강민영 플레이어와 함께 오지 않은 거구나.'

엘렌은 남녀 사이의 미묘한 감정이나 사랑에 관해서는 잘 모르지만 그래도 이건 알 것 같았다.

지금의 이 상황, 강민영 플레이어가 알면 절대로 안 됐다. 그냥 본능적으로 느꼈다.

'어떻게 낯빛 한 번 변하지 않고.'

역시 빛의 사기꾼이 맞았다. 내 파트너는 아무래도 빛의 건물주이자 빛의 사기꾼이 맞았다.

"내가 무화석을 조금 구할 수 있을 것 같은데 말이야."

캘리가 고개를 갸웃했다.

"무화석?"

신희현은 티 나지 않게 인상을 살짝 찡그렸다.

설마, 아직 캘리도 모르는 건가.

캘리는 콧노래를 부르면서 상점 안쪽으로 들어갔다.

"잠깐만. 조금만 기다려 봐, 잘생긴 자기."

엘렌이 신희현을 물끄러미 쳐다봤다.

'이래서였습니까?'

아름답고 예쁘다고 인사하지 않았다면 캘리는 '그딴 거 몰라. 개나 줘버려'라고 말했을지도 모를 일이다.

하지만 신희현 앞에서 캘리는 완전히 다른 모습을 보였다.

캘리가 콧노래를 부르다니. 원래대로라면 있을 수 없는 일이다.

신희현의 입장에서는 약간 치트키 혹은 공략 같은 거다. 더 좋은 상황을 만들어내기 위한 공략 말이다.

신희현이 물었다.

"내 얼굴에 뭐 묻었어?"

"아무것도 아닙니다."

이윽고 캘리가 나왔다. 그녀의 아버지가 만들어 놓은 비법 책에 무화석이 등장하는 것을 찾아냈다고 한다.

"알고 있지! 아빠가 만들어준 만능 책에는 그것도 나와 있어."

"너처럼 아름다운 여자라면 무화석으로 다른 걸 만들 수도 있지 않을까?"

알림음이 들려왔다.

[퀘스트: '무화석(x10)을 구하라!'가 생성되었습니다.]

캘리가 고개를 끄덕였다.

"그럼! 내가 만들어 보지 못한 것에 도전하는 것. 그것이야말로 내가 살아가는 이유인걸! 물론 아름답기 위해서 사는 것도 맞지만."

무화석을 구하려면 시작의 방을 벗어나 수련의 방으로 향해야 한다.

수련의 방 내에 있는 릴 랜드로 가야 했다.

과거 신희현이 걸음초를 비롯하여 제왕 우르칸을 잡았던 그곳 말이다.

릴 랜드는 숲이다. 식물 계열 몬스터가 주를 이루고 있는 몬스터 존.

신희현은 그곳에서 초감각을 사용했다.

'어딘가에 있을 텐데.'

릴 랜드에서 무화석이 발견되었다.

그 정도만 알고 있다. 원래는 지금보다 훨씬 더 나중에, 물약 상점의 캘리가 무화석을 구해 달라는 퀘스트를 자발적으로 주게 된다.

그때가 되면 '릴 랜드로 가서'라는 단서가 붙는다.

지금은 강제적으로 퀘스트를 받아서인지 그러한 내용은 없었다.

원래는 그때 제왕 우르칸을 만나는 게 일반적인 수순이었었다.

"어디 있는지 모르겠네."

길잡이가 아니었으면 애초에 시작도 안 했을 거다.

누군가에게 의뢰해서 찾아오게 만들었겠지.

신희현은 릴 랜드에서 꼬박 7시간을 보냈다.

그리고 결국 찾아냈다.

⁂

엘렌이 물었다.

"무화석을 드랍하는 몬스터입니까?"

릴 랜드에는 식물 계열 몬스터가 가장 많다. 그다음이 초식동물 계열 몬스터. 그리고 육식동물 계열은 찾기 힘들다. 왜냐하면 그곳에는 제왕 우르칸이 있으니까. 그래서 육식동물 계열 몬스터는 거의 없다시피 했다.

신희현이 활짝 웃었다.

"정말 잘됐네."

원래 육식동물 계열 몬스터는 없는 게 맞다. 그런데 지금은 상황이 조금 달라졌다.

자신이 우르칸을 일찍 레이드해 버린 것이 커다란 영향을 끼친 것 같았다.

'암석 여우!'

암석 여우는 시꺼먼 돌로 이루어진 여우 형태의 몬스터다.

암석 주제에 육식을 하는 몬스터로 알려져 있는데, 굉장히 희귀한 몬스터이기도 했다.

발견하기도 힘들고, 인기척을 매우 잘 느끼기 때문에 도망도 잘 치는 몬스터이기도 했다. 뿐만 아니라 개체수가 굉장히 적었다.

그런데 지금은.

"루시아."

저만치 절벽 아래, 암석 여우가 무리를 짓고 있는 것이 보였다.

길잡이인 신희현이 기척을 잘 숨기기도 했지만 암석 여우들은 예전처럼 주위를 경계하거나 하지는 않는 것 같았다.

길잡이인 그는 느낄 수 있었다. 암석 여우들이 예전 같지 않다.

'숲의 제왕이 사라졌으니.'

이 몬스터 존의 포식자가 된 암석 여우들은 나태해진 것 같았다.

[스킬, 인피니티 샷을 사용합니다.]

제왕 우르칸도 한참 전에 잡았다. 암석 여우들은 요깃거리도 안 된다. 찾기가 힘들 뿐이지.

'저렇게 대단위 무리를 이루고 있을 줄이야.'

예전에는 그렇게 찾아보기 힘들었던 암석 여우들을 이렇게 쉽게 찾을 줄이야.

이렇게 많은 숫자가 모여 있는 곳은 처음 본다.

탕! 탕!

총성과 함께 암석 여우들이 죽어 나갔다.

당연한 말이지만 레벨이 오르거나 업적을 주는 기적(?)은 일어나지 않았다.

초고렙이 초보 존에 와서 논다고 해서 레벨이 오를 일이 없는 것과 비슷한 이치다.

암석 여우들은 무화석을 드랍했다. 주황색으로 빛나는 네모난 형태의 돌. 저게 무화석이다.

엘렌이 날개를 활짝 폈다.

"제가 가겠습니다."

그녀는 4장의 날개를 펄럭거렸다. 혹자들은 성스러운 가루라고 말하기도 하는, 날개에서 뿌려지는 특유의 은빛 가루를 흩뿌리면서 열심히 날았다.

그녀는 뿌듯함을 느꼈지만 그 뿌듯함은 절대 들키지 않겠다는 듯 무표정으로 얘기했다.

"무화석, 획득 완료입니다."

루시아가 고개를 갸웃했다.

"엘렌, 기뻐 보입니다."

"전혀 그렇지 않습니다."

"……그렇습니까?"

아니라고 딱 잡아떼는 엘렌의 날개 끝이 아주 미세하게 떨리고 있었다.

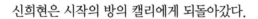

신희현은 시작의 방의 캘리에게 되돌아갔다.

"네가 아름다워서…… 쉽게 구할 수 있었어. 네 아름다움에 매료된 암석 여우들이 무화석을 그냥 드랍하던데?"

논리적인 이유 따윈 필요 없다. 그냥 아름다움만 들어가면 된다. 캘리는 그것에 환장하니까.

[퀘스트: '무화석(x10)을 구하라!'가 클리어되었습니다.]

시간이 조금 흘렀다. 캘리가 주황빛이 감도는 물약 100여 개를 만들어서 건네줬다.

"여기! 특별한 능력을 발휘하는 금속을 제련할 수 있을 거야. 그런데…… 저 부탁이 있는데……."

"네 아름다움으로도 모르는 것이 있나 보지?"

그럴 거다. 이 물약, 그러니까 '무화 물약'의 쓰임새를 모르고 있을 거다.

그가 알기로 캘리의 '만능 서적'은 만능이 아니었다.

시간이 오래 흘러 중간중간이 훼손되어 있을 거고 캘리가 이런 반응을 보이는 건 대부분 그런 경우다.

훼손되어 있어서 제대로 알아보지 못하는 경우.

'만드는 방법은 있는데 그 효용은 잘 모른다는 건가.'

괜찮다. 그 효용은 이미 알고 있다. 그걸 지금 말해줄 수는 없다.

어차피 수련의 방의 대장장이 마힌이 알고 있을 거다.

신희현의 예상대로였다. 고개를 끄덕였다.

"내가 최대한 알아볼게."

"고마워."

"아름다운 너를 위해서인데 뭐."

캘리는 폴짝폴짝 뛰었다.

"역시 그렇지? 역시 아름다운 여자는 대접 받아야 해."

쿵! 쿵!

땅이 울렸다.

엘렌이 물었다.

"그렇다면 수련의 방으로 향하실 겁니까?"

"아니."

엘렌은 옳다구나 싶었다. 드디어. 파트너로서 활약할 때가
왔다.

"마힌은 수련의 방에 있는 NPC입니다."

"……."

신희현은 엘렌의 눈에 내재된 그 기이한 욕망을 읽었다.

파트너로서 인정받고 싶은 그 느낌이랄까, 뭐랄까.

조금 애처롭기도 했다.

"아, 고마워. 잠깐 헷갈렸어."

"……."

엘렌의 눈이 커졌다.

'드디어……!'

드디어 해냈다. 파트너로서의 임무를 해내고야 말았다.

그녀의 날개가 활짝 펴졌다. 뭔가 행복한 기분이 들었다. 파트너로서의 존재 의의를 증명할 수 있게 된 것 같달까.

다른 파트너들이 보면 미쳤다고 생각할지도 모르겠지만 하여튼 그녀는 그랬다.

그 유명한 빛의 성웅의 파트너가 그렇게 행복한 것만은 아니었다.

하여튼 신희현은 시작의 방 대장장이인 프란델에게 먼저 볼일이 있다고 했다.

엘렌은 신이 났다.

"알겠습니다. 제가 안내하겠습니다."

"……응."

안내 같은 거 필요 없는데. 그래도 시간을 요하는 촉박한 퀘스트는 아니니까. 파트너의 기를 세워주는 것도 나쁘진 않겠지.

그는 엘렌의 뒤를 따라 걸었다. 엘렌의 날개가 활짝 펴져 있었고 그녀의 걸음걸이는 굉장히 가벼워 보였다.

프란델에게 도착했다. 신희현이 말했다.

"부탁해라."

"……예?"

이 남자, 또 이런다.

"부탁해라."

그, 그러니까. 뭘요?

프란델은 울고 싶었다. 수련의 방 대장장이 마힌에게 들은 적이 있다. 극악무도한 어떤 놈이 있는데, 단도를 핥는 미치광이 여자를 소환하여 협박을 한다고 말이다.

그는 확신했다. 과거에도 자신에게 다짜고짜 부탁하라고 강요하던 그놈과 마힌을 협박했던 그놈이 동일 인물이며 아주 흉악한 인간이라는 걸 말이다.

'어, 어떻게 하지?'

뭐, 뭘 부탁해야 이 남자가 납득할까.

뭘 부탁해야 할지 모르겠는데, 문득 하나 필요한 것이 생각났다.

'마, 마힌이 부탁한 것을 대신 얘기하자.'

그래서 말했다.

"무…… 무화석이라는 것이 있습니다."

"그래서?"

"그 무화석을 정제한 특별한 물약이 필요합니다."

"수량은?"

"10, 10개면 됩니다."

[퀘스트: '무화 물약(x10)을 구하라!'가 생성되었습니다.]

신희현이 고개를 끄덕였다.

"쉽군."

"……예?"

신희현이 뭔가를 내밀었다.

[퀘스트: '무화 물약(x10)을 구하라!'가 클리어되었습니다.]

프란델은 신희현을 쳐다봤다. 신희현을 봤다가 그의 손바닥을 봤다가를 반복했다.

뭐지, 지금 무슨 일이 일어난 거지. 난 방금 부탁했는데?

두 눈을 끔뻑거렸다.

귀신에 홀린 건가.

"가, 감사합니다."

신희현이 말을 이었다.

"어디다 쓸지는 모르겠지만."

"……."

프란델은 침을 꿀꺽 삼켰다. 뭔가 또 불안한 느낌이 스멀스멀 피어올랐다.

"내가 이걸 구해줬다고 누구에게도 말을 하지 않으면 좋겠어."

"……예?"

"특히 마힌이라든가."

프란델의 눈이 더욱 커졌다.

뭐지, 이 사람. 이 플레이어. 전지전능한 플레이어인가.

"……."

프란델은 한동안 말을 잇지 못하다가 이내 고개를 끄덕였다.

"마힌에게는 비밀로 하겠습니다."

"내가 줬다는 것을 밝히면……."

루시아가 소환됐다. 루시아가 나타나자마자 단도를 핥았다. 교감을 통해 신희현의 명령을 받았다.

"죽입니까?"

프란델이 뒷걸음질 쳤다. 식은땀이 줄줄 흘렀다. 확실했다.

붉은 머리, 아름다운 외모.

마힌이 말했던 '붉은 미치광이'가 틀림없었다.

"비, 비밀을 반드시 지키겠습니다!"

신희현이 고개를 끄덕였다.

밖으로 나왔다.

엘렌이 말했다.

"NPC를 상대로 너무 겁을 주는 것이 아닌가 싶습니다. 저는 우려가 됩니다."

"……."

신희현은 아무런 말도 하지 않았다.

요즘 조금 이상하다. 분명 엘렌은 무표정이기는 한데. 뭐랄까, 웃고 있는 것 같은 기분이 든달까. 사기꾼 같은 웃음을 억지로 참고 있는 것 같은, 그냥 그런 기분이 들었다. 실제로 그녀가 웃고 있는 건 아니지만 말이다.

"……조심할게."

"파트너의 충언을 들어주시니 감사할 따름입니다."

그리고 몇 시간 뒤. 신희현은 수련의 방으로 향했다. 더 정확히 말하자면 수련의 방 내에 있는 마힌을 찾았다.

"마힌."

마힌이 손님을 맞으러 달려 나오다가 기겁했다.

저, 저 남자는!

신희현은 '부탁해라'라고 하려다가 조금 참았다. 엘렌이 불쌍하지 않은가. 그래서 언어를 좀 순화했다.

"부탁해 보는 게 이로울걸?"

12장
새로운 이벤트 (상)

무화석을 캘리에게 줬고 캘리가 무화 물약을 만들어줬다. 프란델은 그 무화 물약을 마힌에게 전해 줬다.

　마힌은 침을 꿀꺽 삼켰다.

　'뭐, 뭐지?'

　뭐지 이 남자. 어째서 내가 부탁할 것이 있다는 것을 알고 온 것 같지.

　안 그래도 도움이 필요하기는 했다. 그런데 타이밍이 너무나 절묘하지 않은가. 프란델이 이 물약을 주자마자 이 남자가 나타나다니. 그러고 보니 프란델은 어딘가 모르게 허둥지둥하는 것 같기도 했다.

　'설마!'

설마 이 극악무도한 남자가 프란델에게 어떤 술수를 부린 건 아닐까. 그런 생각이 들었다. 그러면 충분히 그럴 수 있다고 생각했다.

'붉은 머리 마녀가 또 나타나진 않겠지?'

안 나타났으면 좋겠다고 생각했다. 그 소름 끼치는 눈빛은 다시는 보고 싶지 않다. 그렇게 아름다운 얼굴로 단도를 핥으니 뭔가 더 무서웠다.

마힌이 말했다.

"도, 도움이 필요합니다."

"어떤 도움?"

신희현에게 알림이 들려왔다.

[퀘스트: '아레스트 링(x30)을 구하라!'가 발동되었습니다.]

과연, 역시 그렇군.

신희현은 고개를 가볍게 끄덕였다.

"아, 아레스트 링은 구하기 어렵지 않을 겁니다."

울고 싶었다. 부탁을 하긴 하는데 도대체 무슨 보상을 뜯어낼지 모르겠다. 보상은 원래 내가 주는 건데, 왜 이런 걸로 강박을 느껴야 하난 말이다.

솔직한 말로 아레스트 링은 그냥 지나가는 누구를 붙잡고 부탁해도 될 일이다. 구하기 엄청 쉬우니까.

"아레스트 링은 마을 서문을 지나…… 바로 보이는 언덕……."

그때, 누군가 문을 열고 들어왔다. 두 명이었다. 한 명은 키가 매우 작았고 한 명은 매우 늘씬했다. 마힌의 눈이 커졌다.

'저, 저, 저, 저 사람은……!'

붉은 머리 마녀가 틀림없었다. 단도를 훑는 저 무식한 여자. 소름 끼치도록 살벌한 눈빛을 가진 그 여자 말이다.

라비트가 인상을 살짝 찡그렸다. 수염이 파르르 떨렸다.

"도대체 뭘 어떻게 한 것이란 말이오? 어떤 경우에서든 약자를 핍박하는 것은 옳지 못하오."

"아무 짓도 안 했어."

"그런데 저 가녀린 중생이 어째서 저렇게 겁에 질려 하는 것이오?"

루시아는 대답하지 않았다. 대신 신희현에게 걸어가서.

"구해 왔습니다."

라고 말했다.

아레스트 링은 구하기 그리 어려운 물건이 아니다. 수련의 마을 근처 들판에 있는 '레피투'라는 하급 몬스터를 잡으면 되는 건데, 거기까지는 소환 영역이 닿았다.

마힌은 귀신에 홀린 것 같은 기분이 들었다.

'뭐지?'

뭐가 일어난 거지.

신희현에게 알림이 들려왔다.

[퀘스트: '아레스트 링(x30)을 구하라!'가 클리어되었습니다.]

좋다. 생각대로 전부 흘러가고 있다.

아레스트 링은 구하기 매우 쉬운 물건이고, 시간을 최소화하기 위해서 라비트와 루시아를 소환하여 따로 내보냈다.

물론 상황 통제는 교감 커넥션과 교감을 통해 했고 말이다.

마힌은 울고 싶었지만 고개를 숙였다.

"정말 감사합니다. 그렇다면 보상은······."

신희현이 말했다.

"보상은 네가 원하는 걸로 주면 되는 거겠지."

마힌은 눈을 크게 떴다.

이거, 함정인가? 정말 내가 원하는 걸 줘도 될까? 저 붉은 머리 마녀가 두 눈을 시퍼렇게 뜨고 있는데?

라비트가 말했다.

"귀공은 두려워하지 말고 말을 하시오. 이분은 빛의 성웅이시며 귀공이 그렇게 두려워하지 않아도 되는 분입니다."

"빛의······ 성웅······?"

영체화 상태의 엘렌이 두 눈을 감았다. 감지 않고서는 못

배길 것 같았다. 날개 끝이 구부러졌다.

라비트는 마힌을 쳐다보다가 뭔가 하나를 발견했다.

"아, 아니? 이것은?"

라비트는 신이 났다.

"이것을 전량 구매하겠소."

이것을 이곳에서 발견하다니. 뜻밖의 수확이었다.

"딱딱한 지점토로 만든 네모난 것이라니. 엄청나오! 대단하오!"

그게 뭔고 하니, 수련의 방에서만 나오는 특이한 형태의 광물이 하나 있는데 그게 바로 '딱딱한 지점토' 라는 것이었다.

아이템의 한 종류다. 주력 업종은 무기와 방어구지만 이것 저것 만들기를 좋아하는 마힌은 그 딱딱한 지점토로 직육각면체를 만들었다.

종이에 뭔가를 쓸 때, 종이가 양옆으로 움직이지 않도록 지지해 줄 수 있도록 만든 것인데 사실상 쓸모없는 아이템이기도 했다.

마힌도 이걸 팔 생각은 하지 않았다. 그저 심심풀이이자 취미로 만든 거니까.

'뭐, 뭐가 대단하다는 거지?'

도대체 얼마나 거대한 함정이 여기에 숨어 있는 것이냐.

라비트가 말했다.

"전량 모두 구입을 결정하겠소. 얼마면 되오?"

마힌이 침을 꿀꺽 삼켰다.

'산다고? 저걸?'

저기, 조금 멀기는 하지만 서쪽 해안에 가기만 하면 지천으로 널려 있는 것이 딱딱한 지점토인데. 그걸로 대충 만들면 저거 비슷하게는 만들 수 있을 텐데.

그 말은 하지 않았다.

"하나당 1만 코인이면 되겠소?"

마힌은 아무런 말도 하지 못했다. 저것의 원가는 0이다. 왔다 갔다 하는 시간 2시간과 제작하는 시간 15분이 필요할 뿐.

'마, 말도 안 돼!'

이건 함정이다. 너무 말도 안 되는 조건이다. 겨우 저딴 것이 1만 코인이라니.

저 생쥐는 사기꾼이 틀림없었다. 붉은 마녀가 옆에 있으니 큰 소리는 못 내고 당황해했다.

"그, 그건……."

"알겠소. 너무 싸다면 가격을 정정해 주겠소. 3만 코인은 어떻소?"

"······예?"

라비트는 후, 한숨을 내쉬었다.

"알았소. 5만 코인! 내 비록 가문과는 다른 길을 걷고는 있소만······ 저 정도 물건을 알아볼 안목은 있소. 또한 물건의 가치를 알아볼 수 있소. 5만 코인이면 꽤나 넉넉하게 쳐주는 것이라 생각하오. 더 이상은 내 임의대로 올릴 수 없으니 생각해 보시오."

신희현은 고개를 절레절레 저었다.

'저게 저쪽 사람들에게 굉장히 중요한 건가?'

아무래도 그런 것 같았다. 그런 거다. 초식동물에게는 고기가 필요 없다. 육식동물에게는 풀이 필요 없다.

이곳에서는 전혀 필요 없는 '딱딱한 지점토'가 저곳에서는 굉장히 중요한 것으로 거래되는 것 같았다.

신희현이 말했다.

"내가 제안할게. 라비트도 마힌도 모두가 납득할 수 있는 수준으로."

정확하게 기억은 안 나지만 아마도 '딱딱한 지점토'의 경우는 그것을 캘 수 있는 사람이 한정되어 있었던 것 같다.

쓸잘머리 없는 아이템이라 잘은 기억이 안 났다. 대충 그랬다. NPC 혹은 특별한 스킬을 익힌 사람만 딱딱한 지점토를 획득할 수 있었을 거다.

"일단 이건 5만 코인에 내가 사지."

5만 코인을 건넸다.

"라비트, 네게 필요한 것 같으니 내가 선물하겠다. 신뢰가 바탕이 된 동료 사이에서 주는 아름다운 선물이야."

"오. 정말 고맙소! 내게 이것은 아주 필요한 물건이오."

그러고는 라비트는 그것에 대고 두 개의 앞니를 박박 긁기 시작했다.

"오오, 이 기분은 정말 천상의 기분이오! 딱딱한 지점토! 너무나 좋소! 아주 좋소!"

신희현조차도 좀 황당했다.

아, 저게 저런 용도였구나.

딱딱한 지점토로 만든 저 네모난 것을 긁으면 기분이 굉장히 좋은 듯했다.

이를테면 현실의 담배 비슷한 것이랄까?

더 정확하게 말하자면 담배보다 훨씬 건강하면서 모든 사람이 사용하는 물건인 것 같았다. 모르긴 몰라도 전부다 뭔가를 긁는 것이 저쪽 사람들의 습성인 것 같으니까.

신희현이 은밀히 말했다.

"저런 걸 계속 만들 수 있나? 가급적 대량 생산으로."

사업의 냄새를 맡기는 했으나 직접 진행하기는 좀 귀찮다. 지금은 돈이 필요한 때가 아니다. 최후의 던전까지 가는 길에 돈이 부족할 일은 없을 것 같으니까.

"개당 3만 코인에 무한으로 사들일게."

그날 이후로 마힌은 업종을 바꿨다. 새로운 사업을 개척했다. 과거에는 없었던 마힌 지점토가 생겨 버렸다.

라비트는 아버지의 두터운 신임을 얻었다.

"이런 것까지 구해 오다니? 정말 제법이구나."

그의 아버지 역시 딱딱한 지점토에 이를 댔다. 박박 긁었다. 기분이 매우 좋은 듯 털이 부르르 떨렸다.

"최상급이구나. 미안하다. 네가 검의 길을 걷겠다 했을 때, 이런 포부가 있는 줄은 몰랐다. 더 넓은 세상을 경험하고 그 세상의 진귀한 것들을 이토록 구해 올 수 있는 수완이 있을 줄이야."

라비트는 기뻤다. 집안에서 완전히 인정을 받았다.

"빛의 성웅을 만난 덕분입니다. 가문의 영광에 힘을 보탤 수 있어 저야말로 영광입니다."

신희현은 이틀 정도 집 안에 틀어박혀 잠시 휴식기를 가졌다. 특별한 던전이나 커다란 던전 브레이크가 일어나는 게 아니었으니까.

토닉스를 구하긴 구해야 하는데, 구하고 싶다고 바로 구할 수 있는 것도 아니다.

신희현이 말했다.

"작은 규모의 던전 브레이크 정도는…… 스스로 막게 해야지."

강민영은 신희현과 팔짱을 꼈다.

신희현이 하는 말이 무슨 말인지 알겠다. 신희현이 뭔가 더 먼 곳을 바라보고 있는 것도 안다.

그런데 지금은 잠시 이 평화를 즐기고 싶었다. 신희현은 강민영의 어깨를 감싸 안았고 강민영은 신희현의 가슴팍에 얼굴을 묻었다.

"오빠, 오늘까지 쉬고 내일은 연계 연습하러 간다면서?"

"응, 그래야지."

연계는 매우 중요하다.

운동선수들이 운동 잘한다고 운동을 쉬는 일은 없다. 운동을 쉬는 것은 다음 운동을 하기 위해 휴식을 취하는 거다. 신희현을 비롯한 빛의 성웅 팀도 그랬다.

하루가 지났다. 연계 연습에 유용한, 방어력이 높고 대단위 숫자가 떼를 지어 움직이고 있는 '검은 물소'들을 사냥하기 위해 대전으로 향했다.

검은 물소들은 각 개체의 능력이 강력하다고 볼 수는 없었지만 그 숫자가 무려 900에 이르는 대단위 군집이었다.

사냥하고 사냥해도 계속해서 다시 리젠됐다. 많은 플레이어가 사냥을 하고 있는 몬스터이기도 했고.

신희현은 저만치 앞을 쳐다봤다. 8차선 도로 전부를 놈들이 장악했다.

플레이어들이 놈들을 공격하는 것도 보였다. 중간중간 검은 물소들이 쓰러지는 것도 보였다.

검은 물소들의 평균 레벨은 100 정도 된다. 그렇게 강한 몬스터는 아니라는 소리다.

"우리는 연계 연습을 할 거야. 놈들을 너무 열심히 죽일 필요는 없어."

마틴이 소환 됐다.

"라비트."

라비트와 더불어 루시아까지도 소환됐다.

신희현도 집중하기 시작했다. 세 명의 소환 영령을 한꺼번에 부리는 것은 굉장히 어렵다. 게임으로 치자면 혼자서 세 개의 캐릭터를 한꺼번에 컨트롤하고 있는 거다.

어지간한 집중력과 센스가 아니면 힘들다.

'세 명까지는 어떻게든 할 만해.'

이 숫자를 네 명까지 늘리면 훨씬 좋을 거다. 아직은 연습
이 더 필요했다.

피닉스나 원더를 함께 운용할 수만 있다면 사냥 반경이 훨
씬 더 넓어지고 효율적인 움직임을 보일 수 있을 테니까.

그런데 라비트가 뭔가를 발견했다.

"마틴, 뭔가 달라진 것 같소. 부티가 나는 것 같은데. 옷이
굉장히 고급져졌소."

마틴이 싱글벙글 웃었다.

"형님의 사업이 조금 펴기 시작했어요."

시키지도 않았는데 마틴이 자기 얘기를 시작했다.

어려서부터 형과 함께 컸단다. 형은 자기를 굉장히 예뻐했
단다. 그런데 어느 날, 붉은 머리 마녀와 잔인한 악마가 찾아
왔단다. 그 마녀와 악마는 자신을 미칠 듯이 괴롭혔단다. 그
런데 그 마녀와 악마를 무찌를 위대한 생쥐 영웅이 나타났는
데, 그 영웅이 자신을 구원해 줬다나 뭐라나.

엘렌은 뭔가를 느꼈다.

'이건…….'

붉은 머리 마녀.

라비트도 뭔가를 느꼈다.

'생쥐 영웅……?'

루시아는 아무런 말도 하지 않았다.

'붉은 머리 마녀, 그리고……'

잔인한 악마. 그녀의 눈이 신희현을 향했다.

"오빠……?"

신희현은 한쪽 입가가 씰룩거렸다. 얘기를 들어보니 대충 이해가 됐다. 그러고 보니 이름도 비슷하지 않은가.

마힌, 마틴.

생김새도 비슷하고 덩치도 비슷했다. 왜 이걸 몰랐을까.

"그렇단 말이지."

신희현이 어깨를 으쓱했다. 일단은 연계 연습부터 하기로 했다. 약 30분간 연계 연습을 한 뒤 집으로 돌아왔다.

수련의 방으로 향했다. 지금 신희현이 필요로 하고 있는 그것도 찾을 겸. 겸사겸사 말이다.

신희현이 마힌에게 인사했다.

"안녕?"

신희현이 씨익 웃었다.

"잔인한 악마가 왔어."

신희현은 마틴을 소환했다.

"마틴, 네 형이 마힌 맞아?"

"……."

마틴은 고개를 끄덕였다. 마힌은 9살 어린이 마틴의 형이 맞았다.

마힌의 얼굴이 사색이 됐다.

"삼자대면이 필요할 것 같은데. 마힌, 내가 너를 그렇게까지 핍박한 적이 있었나?"

"……."

마힌은 사색이 됐다. 마틴이 대신 말했다.

"형, 그렇게 너무 떨지 마. 이 형님은 공과 사가 철저하며 성웅이라 불리시는 분이라고."

"……응?"

성웅? 그건 좀 아니지 않나.

신희현이 휴 하고 한숨을 내쉬었다. 일단 오해는 풀기로 했다.

"마힌, 네가 왜 나를 두려워하는지는 알겠는데……. 잘 떠올려 봐. 우리가 처음 만났을 때, 너는 내게 욕을 하며 나를 쫓아내려고 했었어."

"……그, 그랬습니까?"

그러고 보니 그랬던 것 같다. 붉은 마녀의 이미지가 너무 강해서 그걸 잊고 있었다.

"그 이후로 내가 너한테 어떤 위해를 실질적으로 가한 적이 있던가?"

"그, 그런 적은 없습니다만……."

잘 떠올려 봤는데 그런 적은 없다.

그러고 보니 왜 나는 왜 이 남자를 무서워하고 있는 거지?

신희현이 말했다.

"실체가 없는 두려움인 거야."

거기에 더해.

"내 동료의 가족이었다니. 그간의 무례를 사과하겠다. 미안하다."

루시아의 사과까지 곁들여졌다. 마힌은 얼떨결에 고개를 끄덕이고 말았다.

신희현의 해명은 거기서 그치지 않았다.

"내게는 이런 아이템이 있다."

제왕의 발톱을 꺼내 들었다.

"이게 있으면 나보다 레벨이 낮은 사람은 내 앞에서 위축된다."

엘렌은 안다. 저건 거짓말이다. 레벨이 낮은 '사람'이 위축되지는 않는다. 레벨이 낮은 '몬스터'가 위축될 뿐.

마힌은 몬스터가 아니니 해당사항이 없다.

'역시 또 사기를 치고 계신다.'

예전에는 부끄러웠는데 이제 좀 당당해졌다. 이것도 하도 보다 보니 이제 익숙해졌다고나 할까.

"그렇기 때문에 네가 나한테 두려움을 갖게 된 것 같다. 본의 아니게 미안하게 됐다."

"아…… 괘, 괜찮습니다. 저야말로 오해해서 미안합니다."

둘이 손을 맞잡았다. 덕분에 엘렌은 한숨 놓게 됐다.

'관계를 회복했어.'

NPC와 척을 져서 좋을 게 없다는 게 기본적인 파트너들의 마인드다. 그녀는 다행이라고 생각했다.

하여튼 둘은 화해 아닌 화해를 마무리 지었고 신희현은 보상 아이템을 받을 수 있었다.

[축하합니다!]

[퀘스트 클리어 보상으로 '무화갑(x3)'이 주어집니다.]

고구려는 새로운 발표를 했다.

─플레이어의 능력을 제한할 수 있는 수단이 마련되었습니다.

아이템을 통해 플레이어의 능력을 봉인할 수 있다고 했다.

그 아이템의 이름은 '무화갑'이었다.

-현재 고구려가 일정 수량을 보유하고 있으며 이에 관한 정보를 정부와 공유할 예정입니다.

　플레이어의 숫자는 일반 시민들의 숫자에 비해 월등히 적다. 비율로 따지면 9:1이다. 그러니까 대다수의 사람은 비플레이어라는 소리다.
　그리고 그 소식에 비플레이어들은 쌍수를 들고 환영했다.
　"그 소식 들었어? 플레이어의 능력을 없애 버리는 수갑이 있대."
　"응, 나도 뉴스 봤다. 빛의 성웅이 또 한 건 했더라고."
　"진짜 그 사람 없었으면 어떡할 뻔했냐?"
　굵직한 사건들은 빛의 성웅이 나서서 해결하고 있다.
　그것뿐만 아니라.
　"그 정도 힘을 가진 사람이 변도현처럼 날뛴다고 생각하면……."
　그러면 정말 대참사가 일어날 거다.
　지금 사람들은 빛의 성웅은 레벨이 300이 넘을 거라고 예상하고 있다. 어느 정도의 현대 무기로 공격을 해야 공격이 먹힐지도 모르는 상태.
　그런 사람이 힘을 남용하지 않고 일반 시민을 위해 사용하고 있다.

"솔직히 그 사람은 그런 거 밝히지 않아도 되는 거잖아?"

"그렇지. 그런 건 자기만의 무기가 될 수도 있는 거고."

만약 무화갑의 존재를 다른 플레이어들에게 감춘다면?

그건 빛의 성웅이 무기로 사용할 수 있을 거다. 마음에 들지 않는 플레이어의 능력을 봉인해 버릴 수 있으니까.

그런 걸 모르는 플레이어들은 속수무책으로 당하게 될 거고.

"그러니까 대단한 거지. 어쩌면 자신을 위협할 수도 있는 아이템을 공유한 거잖아."

"그러니까 성웅 아니겠냐? 나 같으면 성웅 같은 거 안 했겠지만."

신희현에게 알림이 들려왔다.

[성웅의 증표에 긍정적인 영향을 끼칩니다.]
[성웅의 증표에 긍정적인 영향을 끼칩니다.]

요새 부쩍 알림이 잦아졌다. 자신의 권리를 포기하고 일반 시민들을 위해 '무화갑'의 존재를 알린 빛의 성웅에 대한 위대함이 인터넷과 SNS를 타고 퍼져 나갔기 때문이다.

안 그래도 유명했던 빛의 성웅이 더더욱 유명해졌고, 그가 성웅이라는 소문이 일파만파 퍼져 갔다.

신희현이 강민영은 커피숍에 앉아 여느 커플들처럼 데이트를 했다.

　"오빠, 사람들 말로는 오빠가 그걸 공개하지 않았으면 더 유리했을 거래."

　"그럴 수도 있겠지."

　일반적인 상황이라면 그렇다.

　"무화갑은 자신보다 레벨이 높은 플레이어를 무력화시킬 수 있는 거의 유일한 수단이거든."

　"그럼 혹시 오빠보다 레벨 낮은 플레이어가 오빠를 공격할 수도 있는 거 아냐?"

　신희현은 피식 웃었다. 지금 사람들은 그렇게 알고 있다. 그래서 지금 빛의 성웅이 추앙받고 있는 거고.

　"무화갑이 만능은 아냐."

　"그럼?"

　"내가 의식을 잃은 상태에서는 무화갑이 작용하지 않거든."

　"응? 그게 무슨 말이야?"

　"자고 있거나 기절을 한 상태에서는 무화갑을 채워봤자 소용이 없어. 의식이 깨어 있을 때에만 작용하는 아이템이야."

　"아……!"

　그러니까 신희현이 두 눈을 시퍼렇게 뜨고 있을 때에 무화갑을 채워야 한다는 거다.

무화갑이 플레이어의 능력을 제한할 수 있는 건 사실이지만, 그렇다고 멀쩡한 플레이어에게 무화갑을 채우기란 쉽지 않은 일이다. 더더군다나 신희현 정도 되는 초고레벨은 말이다.

"어쨌든…… 중요한 건 플레이어의 능력을 제한할 수 있다는 사실 그 자체거든."

그것만으로도 일반 시민의 불안감이 많이 해소되었다. 플레이어에 대한 경계도 많이 누그러졌다.

"그리고 플레이어들도 좀 더 조심하게될 거고. 자신이 힘들게 얻은 그 힘을 잃어버릴 수 있다는 공포는 생각보다 더 큰 거거든."

과거에도 그랬었다. 무화갑이 등장하기 전과 후. 플레이어의 범죄율이 두드러지게 차이가 났을 정도였으니까.

"특히나 그 힘을 믿고 과시하고 싶은 놈들에게는 즉효약이야. 범죄 예방도 되고, 상대적으로 숫자가 적은 플레이어들이 배척받지 않게 만들 수 있고. 일거양득이지."

"오빠, 이런 거까지 다 생각하고 움직인 거야?"

어, 그게. 내가 생각했다기보다는 과거에 이미 그랬었으니까.

그걸 말할 수는 없어서 뒤통수를 긁적거렸다.

"뭐…… 대충?"

강민영이 반짝반짝 눈을 빛냈다.

"역시 우리 오빠야."

신희현은 머쓱해져서 웃었다.

사랑을 가득 담은 눈동자로 자신을 쳐다보고 있는 강민영이 정말 사랑스러웠다.

아탄티아, 더 정확히 말하자면 아탄티아 내 지저의 천공에서 강민영을 잃었었다.

신희현이 그곳에 도착했을 때, 홍경식이 이끌던 팀의 대부분은 사망했었고 그 사망자에는 강민영이 포함되어 있었었다.

"오빠, 갑자기 무슨 생각을 그렇게 해?"

"네가 너무 예쁘다는 생각."

과거로 돌아오지 않았다면 너를 다시 만날 수 없었겠지.

"그리고 반드시 최후의 보상을 얻어야겠다는 생각."

"최후의 보상? 나는 아직 그런 거 듣지 못했는데."

아직은 다들 모를 거다. 이 세상의 변화에는 끝이 있고, 그 끝은 최후의 던전이라는 것을.

"험머가 말해줄 거야. 파트너와 플레이어는 최후의 보상. HAN을 얻기 위해 이 짓을 하고 있는 거거든."

"HAN을 얻으면 어떻게 되는데?"

"글쎄……."

아직 잘 모르겠다. 그도 직접 HAN을 얻었던 게 아니니까. 유효 시간이 거의 지났을 때, 강유석으로부터 HAN을 양도 받았었으니까.

신희현이 말했다.

"어쩌면 모든 소원을 들어주는 그런 아이템일 수도 있지 않을까?"

강민영이 배시시 웃었다.

"그럼 나는 그거 얻으면 오빠랑 평생 같이 살게 해달라고 소원 빌어야지."

아탄티아 던전을 대비하기 위한 아이템을 거의 모았다. 이제 남은 것은 '토닉스'인데,

'토닉스는······.'

토닉스가 보상으로 주어지는 '평화의 섬'은 아직 발견조차 되지 않았다. 여태까지 사건들이 일어난 속도를 보면 조만간 오픈이 될 것 같기는 한데, 정확하게 그 시기가 언제인지는 알 수 없었다.

신희현이 말했다.

"탁민호 씨와 더불어 한 명이 더 필요합니다."

지략가 탁민호, 클래스는 길잡이.

그와 더불어.

"임찬영 씨와의 만남을 주선해 주세요."

최용민은 고개를 갸웃했다.

"임찬영 플레이어 말입니까?"

"이명은 부나방입니다."

"저도…… 들어본 것 같습니다. 최근 두각을 드러내고 있는 길잡이라고……."

그런데 어째서 길잡이의 최고봉인 신희현이 길잡이를 원하고 있는 거지? 또 다른 길잡이가 필요한 이유가 있나?

"연결은 해드릴 수 있을 것 같습니다만…… 어째서……?"

"길잡이를 육성할 필요가 있어서요."

"……그건 참 좋은 생각이군요."

말하자면 '길잡이 쩔'을 하겠다는 것 아닌가.

'무슨 생각이지?'

세상 사람들은 성웅이라 칭송하지만 최용민이 본 신희현은 성웅이 아니었다. 오히려 간웅에 가까웠다. 이 세태를 잘 이용해 먹고, 그것을 누릴 수 있는 사람. 가끔은 비정하고 지나치게 이성적으로 보이기까지 하는 사람.

그런 사람이 아무런 대가도 없이 쩔을 하겠다고?

'뭔가…… 또 있는 것 같다.'

신희현이 제대로 움직이면, 혹은 무언가를 준비하면 커다란 사건이 하나씩 터진다.

그렇다고 신희현이 말해주지 않는 것을 꼬치꼬치 캐물을 권리도 없었다. 그러기엔 빛의 성웅의 이름값이 너무 높았고 가진 바 힘이 너무 컸다.

그런 의미에서 차라리 다행이었다. 저 정도의 힘을 가진 사람이 바보가 아니라서.

어쨌든 얼마 지나지 않아 임찬영과 신희현의 만남이 주선됐다.

고구려 본사 내, 한 회의장에서 신희현, 임찬영, 탁민호가 만남을 가졌다.

탁민호가 눈치챘다.

"저 왜…… 불안하죠?"

"불안할 필요가 없습니다."

초감각을 사용해 봤다.

[상태: '호기심 가득한', '재미있는', '불안한']

불안하다는 건 거짓말은 아닌 듯했다. 그러나 마냥 불안한 건 아니었다. 사실 탁민호는 지금 살짝 흥분한 상태다.

'빛의 성웅과 함께하면 노블레스 등급 클리어도 가능하다.'

그러면 엄청난 보상이 뒤따른다. 임찬영이 자리에서 일어섰다.

"임찬영입니다. 그런데 저를 왜……."

말하는 속도가 굉장히 느렸다. 덩치는 굉장히 컸다. 살집이 있어서 큰 게 아니었다. 기본적인 골격 자체가 컸다. 키는 약 190㎝. 운동을 굉장히 열심히 했는지 각이 잘 잡혀 있었다. 언뜻 보면 격투기 선수 같은데, 표정이나 인상은 굉장히 순했다.

신희현이 먼저 손을 내밀었다.

"반갑습니다. 신희현입니다. 말투가 굉장히 느리시네요."

"네, 제가 좀…… 하하……!"

신희현이 속으로 말했다.

'오랜만이야, 찬영이 형.'

형이라면 딱히 건드리지 않아도 알아서 잘 성장할 거라고 생각했어.

그 말은 삼켰다. 대신 다른 말을 했다.

"우리는 평화의 섬이라는 곳을 공략할 겁니다."

탁민호가 눈을 크게 떴다.

"겨우 세 명에서요?"

아니겠지? 설마. 빛의 성웅 팀은 함께 가겠지? 제발 그렇다고 말해줘.

그러나 신희현은 탁민호의 기대를 산산조각 내 버렸다.

"저희 셋만 움직입니다. 그리고 평화의 섬은…… 일반 플레이어들에게는 비밀로 하는 것이 좋겠네요."

"……."

임찬영은 입이 무거운 듯했다. 딱히 이렇다 저렇다 말을 하지는 않았다.

탁민호는 재빨리 머리를 회전시켰다.

'길잡이 전용 던전일 확률이 높다.'

아무래도 그런 것 같기는 한데. 어째서, 왜 우리 둘인가.

그걸 알 수 없었다. 신희현이 설명했다.

"저는 두 분을 육성시키려고 합니다. 평화의 섬이 언제 오픈될지는 저도 모릅니다."

"열리는 건 확실하고요?"

"열리는 건 확실합니다. 다만…… 언제 오픈될지는 모릅니다. 미리 말씀드리는 겁니다."

그런데 '평화의 섬'이 오픈되기 전에, 신희현도 알지 못했던 새로운 사건이 하나 발생했다.

to be continued

Wish Books

내 안에 몬스터 있다

형상준 현대 판타지 장편소설

태양의 흑점 폭발과 함께 새로운 시대가 찾아왔다!

마나와 능력자, 그리고 몬스터가 존재하는 현대.
그리고 그곳을 살아가는 마나석 가공 판매업자 김호철.
평소처럼 마나석을 탄 꿀물을 마시던 그는
번개에 맞고 신비로운 힘을 각성하게 되는데…….

'내 안에서 몬스터가…… 나왔다?'

그것도 김호철이 먹은 마나석의 개수만큼 많이.

우지호 장편소설

빅 라이프

돈도 없고 인기도 없는 무명작가 하재건,
필사적으로 글을 써도
절망뿐인 인생에 빛은 보이지 않는데…….

어느 날,
그가 베푼 작은 선의가
누구도 믿지 못할 기적이 되어 찾아왔다!

'글을 쓰겠다고 처음 결심했던 때를
잊지 말게.'

무명작가의 인생 대반전!
지금 시작됩니다.

포텐
POTENTIAL

어떤 사물에는 그것을 오랜 기간 사용한
사람의 잠재된 능력이 고스란히 담긴다.
그리고 난 그것을 사용할 수 있다.

천재 디자이너, 죽은 이도 살리는 명의,
감성을 울리는 피아니스트, 바람기 가득한 첩보원.
그 누구라도 될 수 있다. 단, 애장품만 있다면!

달인의 눈으로 세상을 바라보는,
유쾌한 민호의 더 유쾌한 애장품 여행기!

KILL THE DRAGON

킬 더 드래곤

백수귀족 현대 판타지 장편 소설

인간 VS 드래곤

지구를 침략한 드래곤!
3년에 걸친 싸움은 인간의 승리로 돌아갔지만
15년 후,
드래곤의 재침공이 시작되었다!

드래곤을 죽일 수 있는 건 오직 사이커뿐!

인류의 존망을 건 최후의 전쟁.
그 서막이 오른다!